Mário, que Mário?

Nelito Fernandes

Mário, que Mário?

EDITORA RECORD
RIO DE JANEIRO • SÃO PAULO
2006

CIP-Brasil. Catalogação-na-fonte
Sindicato Nacional dos Editores de Livros, RJ.

F41m Fernandes, Nelito
   Mário, que Mário? / Nelito Fernandes. – Rio de Janeiro: Record, 2006.

   ISBN 85-01-07556-6

   1. Romance brasileiro. I. Título.

06-3202
CDD – 869.93
CDU – 821.134.3(81)-3

Copyright © Nelito Fernandes, 2006

Direitos exclusivos desta edição reservados pela
EDITORA RECORD LTDA.
Rua Argentina 171 – Rio de Janeiro, RJ – 20921-380 – Tel.: 2585-2000

Impresso no Brasil

ISBN 85-01-07556-6

PEDIDOS PELO REEMBOLSO POSTAL
Caixa Postal 23.052 – Rio de Janeiro, RJ – 20922-970

Às minhas três mulheres:
Francisca, Martha e Carolina

(Mãe, mulher e filha.
Ou você acha que um sujeito feio e pobre
como eu pode ter TRÊS mulheres???)

Capítulo 1

Eu não sei como começou, mas amanheci com um par de chifres enormes na cabeça. Não estou falando de chifre no sentido figurado, aquele que cresce na cabeça de marido de modelo, não. Estou falando de chifre, no sentido literal da palavra. Houvesse hoje uma montagem de *Bambi* num teatro infantil, e eu já estaria pronto para representar o papai Bambi sem usar fantasia. O chato ia ser voltar para casa depois da apresentação e correr o risco de ser alvejado por algum caçador urbano. Manchete do dia: "Homem-veado abatido no Centro." Fama de bicha depois de morto é o de que eu menos preciso. Só que não tenho que me preocupar com minha masculinidade depois de bater as botas. Até porque, por mais machão que o cara seja, no fim da vida ele sempre acaba sendo enterrado.

Mal-educado, eu. Já estamos no segundo parágrafo e você nem sabe quem sou. Mário Ribeiro, cartunista, candidato a escritor, 30 anos, muito prazer. Não, não sei se o prazer vai ser todo seu. Já houve um tempo em que eu tinha ejaculação precoce, aí o prazer era todo meu... Mas agora que já estamos devidamente apresentados e você até já conhece minhas intimidades, continuo eu aqui com o meu problema: estou com esses dois chifres na cabeça e não posso sair de casa. Daqui a pouco aquele telefone vai tocar e vai ser a Lara querendo confirmar nosso lance de hoje. O que eu vou dizer? Pronto, aí: tá tocando. A vida é assim: tem horas em que você está tão sozinho que ninguém, nem vendedor de assinatura de revista, liga para sua casa. Mas basta você querer sossego para o telefone tocar. Aposto que é ela. Bom, vou atender...

— Alô. Oi, Lara, tudo beeeeeeiiimmmmm. Se tá de pé a parada de hoje?

Ah, não vai dar, eu ia te ligar agora, mas surgiu um imprevisto. Minha avó morreu. O quê? Eu não tenho avó? Não, não, tenho, sim. Eu nunca te disse nada sobre ela para você não ficar preocupada, sabe? Ela era muito velhinha, reumatismo, essas coisas. Não, não, peraí, tá bom, tá bom, não desliga, não. Eu confesso. É mentira. É, é... Se eu dissesse a verdade você não ia acreditar. Mas eu conto, tudo bem. Jura que não vai desligar na minha cara? Olha lá, hein. Então é o seguinte: é que eu amanheci com um par de chifres enormes na cabeça. Como assim o Roberto é só seu amigo? Que história é essa, Lara, quem é Roberto? Eu disse que estava com um par de chifres e a primeira coisa que você me disse é que "O Roberto é só meu amigo"! Escuta aqui, Lara!

Legal. Agora, além de um chifre literal, eu também tenho um no sentido figurado. Lara, Lara, depois eu cuido de você, agora eu tenho um problema mais urgente. Vamos ver, vamos ver... Um médico. Ligar para um médico, marcar a consulta e ir. Claro, é só amputar. Por que eu não pensei nisso antes? OK, mas onde é que eu vou encontrar um doutor especialista em chifres? Pense, Mário, pense.... Um veterinário, claro! Páginas amarelas, páginas amarelas... "Veterinária Mundo Cão". É essa!

— Alô, é da veterinária? Eu gostaria de saber se vocês fazem remoção de chifres. O animal? Bom, é.... hummmm, ahnnn. Não é para um animal, não, é que nasceram uns chifres na minha cabeça. Olha aqui, que história é essa de xingar a minha mãe? É a sua, ouviu? É a sua!

Pelo telefone não vai dar. Vou ter que ir andando até a veterinária mais perto de casa. Mas antes preciso me vingar daquela babaca da veterinária que desligou na minha cara. Vou ligar de novo.

— Alô, é da veterinária? Eu queria saber se vocês cuidam de galinha. Que ótimo, assim seus filhos ficam tranqüilos, né? Se a senhora passar mal, já está perto do médico!

Vingança! Vingança! Me aguarde, Lara, que sua vez vai chegar... Se eu não me engano tem uma *pet shop* a uns três quarteirões daqui. Só preciso arrumar um disfarce para pôr na cabeça e ir andando. O jeito vai ser improvisar um turbante com uma toalha branca. Se no caminho alguém me pedir para ler a mão eu ainda faturo algum.

Dei sorte e desci sozinho no elevador. Na saída do prédio, o porteiro me olhou estranhando a indumentária. Sempre desconfiei que porteiros são seres humanos dotados de poderes especiais. Que outro representante da espécie consegue controlar o portão da garagem, abrir e fechar a porta, tirar uma casquinha de seu jornal, conversar com a empregada e saber da vida de todo mundo sem tirar o radinho de pilha da orelha? Acredito que os radinhos, na verdade, são intercomunicadores. Em algum ponto da cidade, porteiros se reúnem para passar informações via rádio aos colegas da classe enquanto folheiam as revistas por assinatura desaparecidas da portaria. "Alerta máximo: a moradora do 401 chegou ontem às duas e meia da manhã com o terceiro homem diferente só esta semana!" "Ah, meu amigo, isso não é nada. Aqui a do 302 chegou com a terceira mulher esta semana!" "Vocês estão dizendo isso é porque não

Mário, que Mário?

viram o cara do 405. Só entre ontem e hoje o cara já entrou com três anãs no apartamento." O pior é que eles sempre te olham com um sorrisinho debochado como se dissessem "eu sei". Foi assim que me senti quando Manel, o porteiro, me fitou e fez graça:

— Seu Mário, o senhor tomou banho agora?
— Não, por quê?
— É que o senhor esqueceu a toalha na cabeça...

Nem respondi. Claro que, no trajeto até o veterinário, ninguém tirou os olhos de mim. Ouvi todo tipo de gracinhas no caminho. "Vai, Carmem Miranda!", "Dá-lhe, Bin Laden!", "Vai lá, Aiatolá!" No consultório, a recepcionista conversava animadamente ao telefone enquanto lixava a unha, alheia a tudo, até mesmo à minha toalha na cabeça. Deve haver alguma alteração genética nas recepcionistas que faz com que suas unhas cresçam numa velocidade cinco vezes maior do que a de um ser humano normal. Só isso explica o fato de elas estarem sempre lixando. As famílias das recepcionistas também são muito mais atenciosas do que as outras, porque toda vez que você vai a um consultório elas sempre estão conversando com suas mães, tias e sobrinhos.

Recepcionistas são também as maiores consumidoras de chiclete do planeta (aliás, por que os chicletes são chamados pelos fabricantes de goma de mascar se todo mundo só os chama de chiclete?).

Depois de resolver sua questão familiar, entre uma mascada e outra, a recepcionista me olhou meio sem saco e perguntou:

— O senhor não trouxe seu animal?

— Claro, meu cachorrinho está aqui, dentro do meu turbante.

— Me desculpe, senhor, mas eu nunca vi ninguém levar um cachorro na cabeça.

— É que ele está com febre. Qual a previsão para eu ser atendido?

— Ah, uns quarenta minutos, mais ou menos. O senhor pode sentar ali e aguardar. Se quiser, pode ler uma revista para matar o tempo — disse ela.

Duas mulheres gordas — uma com um *poodle*, a outra com um gato — aguardavam a vez. O filho de uma delas, que era uma espécie de xerox em miniatura da mãe, papeava com um amiguinho imaginário. As gordas ocupavam o espaço inteiro de um sofá de três lugares. Restava apenas um sofá verde de dois lugares que era parcialmente ocupado por um senhor bem-vestido segurando uma gaiola com um pássaro estranho dentro. Eu nunca tinha visto uma ave como aquela e resolvi puxar papo com o coroa...

— Diferente esse passarinho, hein...

— É, é muito raro. Meu avô trouxe da Europa quando veio para cá...

— Foi seu avô que trouxe? Então ele deve ser bem velho, hein. Tem certeza de que é um passarinho, não é uma tartaruga, não?

O velho deu uma gargalhada.

— Esse passarinho chega a viver uns duzentos anos, é o pássaro que mais vive no mundo. Mas ele está em extinção, porque não se reproduz em cativeiro.

— Ah, meu amigo, isso é explicado. Duzentos anos vivendo na mesma gaiola com a mulher tira o tesão de qualquer um...

Mais uma gargalhada do velho.

— O senhor é piadista, hein... Só você mesmo para me fazer rir no exame do Aristarco — disse ele, enquanto acariciava a gaiola, como se estivesse fazendo carinho no pássaro...

— O que é que ele tem, tá doente? — perguntei.

— Não, não. É um exame periódico. Esse passarinho vem atravessando gerações na minha família, agora vou passar para o meu filho e quero saber se está tudo bem. Fico preocupado de aparecer alguma coisa, né? — disse ele, com um ar de orgulho por estar cumprindo sua missão familiar.

— Interessante, interessante... — comentei, já sem interesse, agora atraído pela movimentação do moleque, que berrava.

A conversa do garoto com "Willy", esse era o nome do coleguinha imaginário, descambou para a discussão. O moleque se levantou e começou a dar socos no ar e a xingar. Mas isso não foi nada perto do que viria a seguir: o gordinho caiu como se tivesse levado uma porrada certeira do coleguinha. Ficou babando e chamando a mãe, que se distraiu tentando socorrer o garoto e largou seu totó. Era a chance que o cão estava esperando pra partir pra cima do gato. Agora eram quatro brigando: o pequeno débil e seu amigo imaginário, o cão e o gato. As gordas gritavam pedindo ajuda e o senhor do pássaro, que só assistia, resolveu intervir. Deixou a gaiola no sofá e foi separar a briga. Vendo o passarinho dando sopa, o gato deu um salto e, numa patada só, fez seu lanchinho. A discussão recomeçou, e agora o homem berrava desesperado, dizendo que estava tendo um infarto. A recepcionista continuava falando ao telefone sem perceber o que acontecia. O velho caiu, babando e chamando pela mãe, enquanto a gorda do gato, sentindo-se culpada, arrastava-o para a rua, gritando por socorro.

Menos dois na fila, pensei, enquanto tirava do bolso um caderno de anotações que sempre levava comigo para rabiscar idéias que seriam usadas mais tarde. "Amigo imaginário", escrevi. Isso dava um conto. Feita a anotação, remexi a pilha de revistas do consultório. Nada que prestasse. Médicos têm vocação para donos de sebo. Só isso explica o fato de guardarem tantas publicações antigas. Um sujeito que sair do coma num hospital e pegar as revistas vai imaginar que morreu e reencarnou numa época anterior à em que viveu. Isso também daria um belo conto. Homem acorda do coma, lê revistas ao lado da cama e pensa que reencarnou em época passada. A idéia do conto me fez lembrar do livro de humor que eu estava escrevendo e no momento andava mais devagar do que trepada de caracol. A coisa começou bem, eu já tinha escrito quase metade, mas, de repente, travei. A aporrinhação constante no jornal não ajudava muito o trabalho do livro. O editor vinha reclamando de minhas charges quase que diariamente, achando que eu estava pegando pesado demais, e andava censurando quase tudo. A última foi a de um empresário — corneado em público pela mulher — que eu desenhei com um grande par de chifres. A produção diária exigida pelo jornal e a censura constante estavam me deixando sem inspiração, nada me vinha à cabeça. Eu não estava em condições de dispensar trabalho, e o espaço ali me dava visibilidade. Além disso, era meu único dinheiro certo todo mês. Os dois livros de contos publicados por mim rendiam pouco: no Brasil, só ganha dinheiro escrevendo quem é apontador de jogo do bicho. Restava segurar as charges e torcer para aparecer algum pedido de artigo, crônica, bula de remédio ou qualquer outra coisa que pudesse ser lida.

Ei, espera aí! Vamos voltar um pouco a fita. Clima de *flashback*, por favor. Fumaça, vozes com eco. Empresário, charge, chifres. EU DE CHIFRES!!!!! É claro, só pode ser: de alguma forma eu estava incorporando as deformações que colocava em minhas charges, como um castigo divino pela gozação com os outros!

Se minha teoria estivesse certa, não adiantava nada eu consultar o veterinário. Mesmo que ele removesse os chifres, amanhã, dependendo da charge que eu fizesse, outra deformação poderia aparecer. Bom, eu poderia usar os meus superpoderes para o mal: imagina desenhar alguém com um pau maior do que o nariz do Luciano Huck! Mulheres, Mário versão *king size* está no mercado pronto para matar! Obviamente isso não resolveria o meu problema, porque depois rapidamente eu estaria com minha mixaria de sempre. Desisti da consulta e fui para casa.

De volta ao prédio, o porteiro continuou olhando para a toalha branca na minha cabeça e resolvi sacaneá-lo. Manel estava ficando completamente careca e isso o incomodava muito. Ele era um daqueles caras que para disfarçar a careca deixava uma parte do cabelo crescer e penteava para o lado oposto, formando uma espécie de ponte entre as orelhas.

— E aí, Manel, tudo bom?
— Bom, né?
— Tá curioso por causa da toalha, né?

Mário, que Mário?

— É — respondeu ele, contendo o riso.

— Rapaz, é um tratamento revolucionário para a calvície. Os cientistas descobriram que, se você passar doze horas do seu dia com o cabelo coberto por uma toalha, o calor abre os poros e ativa a entrada de ar, o que impede a queda e ainda faz o cabelo voltar a crescer.

— Caramba, será que funciona? — perguntou, empolgado.

— Claro. Tenho um amigo que estava mais careca do que o Kojak depilado e hoje tá a cara do Tony Ramos!

— Bom, bom...

— Vou nessa que o elevador chegou. Um abraço.

A secretária eletrônica piscava mostrando quatro recados. Três eram da Lara, pedindo que eu ligasse de volta. O quarto era do Pedro, chamando para um chope à noite. Ignorei as ligações da Lara. Eu já estava mesmo querendo dar um tempo, e aquela foi a desculpa ideal. Quando soube do chifre, tive sede de vingança, mas não iria perder meu tempo com isso. A ligação de Pedro veio mesmo a calhar. Amigo de infância, Pedro é um daqueles caras que acreditam que a mulher é a coisa mais importante na vida de um homem. Por isso tinha várias. Era um caçador nato. Enquanto ligava o micro para tentar começar a trabalhar, passei uma olhada no jornal e retornei a ligação de Pedro.

— Fala, cumpádi — ele atendeu.
— E aí, qual é a boa?
— Cara, tem duas pra hoje na parada. Tá a fim de ir tomar um chopinho não?
— Beleza, onde vai ser?

Distraído enquanto olhava os jornais e acompanhava o computador iniciar, acabei respondendo que topava o programa e, pela primeira vez naquele dia, esqueci que estava com chifres. Quando me dei conta de que não podia sentar chifrudo na mesa de um bar, tentei ligar para o Pedro e desmarcar. O celular dele só dava fora de área. Deixei recado na secretária e finalmente sentei para ler de fato os jornais. Minha idéia era fazer uma charge sem deformações ou ofensas, para ver se no dia seguinte eu amanheceria normal, como uma recompensa. Se eu estivesse mesmo virando um espelho dos meus desenhos, a saída seria essa. O problema é que ninguém ri do que é normal. Se não for ridículo, não tem graça. Os jornais traziam ameaças de greves em todo o país. Às vésperas da votação do salário mínimo no Congresso, as centrais sindicais pressionavam por um valor maior. Aquele era o assunto do dia e deveria estar em minha "charge do bem" no dia seguinte. Até que foi fácil. Fiz um auto-retrato segurando um cartaz "Cartunista em greve" e, ao lado, um bando de políticos comemorando um dia sem gozação. Agora era mandar o desenho e tentar recomeçar o livro. Ainda não tinha nome. A idéia inicial, de fazer só diálogos de casais, sem descrição de cenas, fora abandonada logo depois do quarto conto. Agora, seria uma mistura de narrativa e conversas. Para recomeçar o trabalho, decidi reatar as conversas, pois eram mais fáceis de escrever. A primeira tentativa, obviamente, foi um papo entre um marido que acordava com chifres e sua mulher. Na incapacidade de fazer piada com a própria desgraça, mudei o tema. Lembrei do moleque e seu amiguinho imaginário no veterinário.

O AMIGO IMAGINÁRIO

— *Benhê!*
— *Ahn.*
— *Benhê!*
— *O que foi, Afonso, são duas horas da manhã. Me deixa dormir.*
— *É que eu estive pensando... Quando eu era criança eu nunca tive um amiguinho imaginário.*
— *Isso às duas horas da manhã?*
— *Eu tô falando sério, Ângela Maria.*
— *Eu também, Afonso.*
— *Isso pode ser a causa de todos os meus problemas existenciais.*

— *Eu acho que acabei de encontrar a causa dos MEUS, Afonso.*
— *Oi, Willy.*
— *O quê?*
— *Willy, é o nome do meu amiguinho imaginário. Ele tá aqui do meu lado.*
— *Que nomezinho mais besta, Afonso. Não dava para simplificar, não? Sei lá, chamar de João.*
— *Vê lá se eu vou ser amigo de um João-ninguém. Você ouviu isso, Willy? João. Rá, rá, rá.*
— *Rá, rá, rá digo eu. Para quem é filho de um Astolfo, até que você tá exigente demais com nomes.*
— *Tá vendo, Willy, ela sempre dá um jeito de alfinetar a minha família.*
— *Afonso, quer apagar essa luz?*
— *É que eu não tô conseguindo ver o Willy.*
— *Ai, meu Deus do céu.*
— *Não, Willy, eu acho que ela não topa.*
— *O que foi desta vez, Afonso?*
— *O Willy tá querendo fazer um* ménage à trois.
— *Tá, mas apaga a luz.*

Luz apagada. Afonso sente uma pancada na cabeça.

— *O que foi? Você tá louca?*
— *Não fui eu, foi a Winnie. Ele mereceu, né, Winnie?*

Mário, que Mário?

Bom, bom. Dia produtivo. A charge saiu fácil, mais um texto para o livro e, ainda por cima, ganhei dois chifres. Opa, tenho que ligar para o Pedro e desmarcar o barzinho.

— Fala, Pedrão.
— E aí, tudo em cima na parada de hoje?
— Cara, não vou poder ir.
— Qualé, tá com medo da mulherada?
— Tá me estranhando, Pedrão? É que eu acordei com um par de chifres hoje e não estou podendo sair.
— Mário, você já foi mais original.
— É sério.
— Mário, deixa eu te explicar: não tem chifre nenhum aí. Isso é só mais uma maluquice sua.

Aqui é preciso dar uma pausa para explicar. O Pedro acha que eu tenho mania de ver coisas onde não existem. É mais ou menos o que acontece quando você recebe seu salário: você olha o contracheque e acha que está com dinheiro, mas até o final do dia descobre que sua conta está mais vermelha do que bunda de babuíno. Aliás, você sabe por que contracheque se chama contracheque? Porque você recebe e não pode passar cheque nenhum. Só mais uma coisinha. Não é só o Pedro que acha que eu tenho uma personalidade delirante. Às vezes eu também acho. Desde pequeno, em vários episódios da minha vida, eu cismava que coisas estranhas estavam acontecendo à minha volta. Para dizer a verdade, até hoje eu tenho certeza de que era tudo verdade, mesmo que as pessoas não acreditassem nelas e que tudo provasse o contrário.

— Tá me ouvindo, Mário?

— Pedro, eu tô falando, é sério: eu estou com um par de chifres na cabeça.

— Cara, pára com essa babaquice e vamos lá.

— Desta vez é sério, Pedrão. Eu estou mesmo.

— Sério igual daquela vez que você achou que seu dedo mindinho estava encolhendo, Mário? Cara, você chegou a comprar uma fita métrica e todo santo dia media o dedo e jurava que ele estava menor. Mário, isso já tá passando dos limites.

— Cara, eu tô falando sério. Se você não quer acreditar, paciência, mas eu não vou sair pela rua com um par de chifres na cabeça.

— Mário, eu não queria dizer nada, não, mas você já saiu com chifre. Sabe a Lara?

* * *

Seis horas, vai começar o meu *Big Brother*. Quando comprei minha luneta para espionar o prédio em frente em busca de personagens interessantes para meus contos, jamais imaginei que a fauna fosse tão vasta. Havia o gordo do quarto andar que mijava sentado provavelmente porque não conseguia pegar o próprio pau, escondido no meio da banha; o velhinho que cuspia na sopa da mulher, quando ela deixava a mesa, e o cara que desfilava com as calcinhas da mulher antes de ela chegar. Mas nenhum deles barrava o sujeito que vivia com uma boneca inflável e a tratava como se fosse uma pessoa de verdade. Todos os dias ele chegava em casa, sentava com ela e, pelo que dava para ver daqui, parecia contar como tinha ido no trabalho. Depois, levava a boneca para o banheiro e a sentava na privada, enquanto tomava banho. Os dois também sentavam juntos para ver TV e, claro, trepavam alucinadamente. Eram o casal que mais transava no prédio. Como todo casal, porém, tinham suas brigas. Em mais de uma oportunidade eu o vi gritando feito louco pela casa, gesticulando, sacudindo-a pelos braços de plástico. Depois, para celebrar a paz, ele resolveu preparar um jantar. Coisa fina. Codornas ao rum com pêssego. Luz de velas. Na hora de servir o vinho, ele esbarrou na vela, que tombou sobre a mesa e encostou no braço da boneca inflável, que explodiu, deixando-o inconsolável.

Abri a janela e armei a luneta. Uma lufada de ar fresco entrou no apartamento. Ah, o entardecer de outono... O sol despedia-se preguiçoso atrás dos prédios, banhando as ruas de amarelo. Os velhos voltavam para casa com os netos, enquanto os pardais deixavam seus últimos cantos preencher a cidade. Fui tomado por uma nostalgia profunda e me lembrei do tempo em que meu avô me buscava na saída da aula. Era com ele, e não na escola, que eu aprendia as verdadeiras lições da vida. Havia uma sabedoria em suas palavras, que só os velhos podem ter. Me lembro com saudade do dia em que ele me disse, citando o escritor italiano Antonio Amorri: "A juventude é uma idade horrível que apreciamos apenas no momento em que sentimos saudade dela." "Se eu fosse mais novo, hoje eu dava umazinha na sua avó", completou.

A programação do prédio estava uma merda, e resolvi dar uma zapeada na TV. Cento e vinte canais e nada que preste. Nessas horas eu tenho o antídoto infalível: paro no canal de leilão de tapetes. Eu realmente queria entender o que sustenta esses leilões. Você por um acaso conhece alguém que comprou tapete pela TV? Então para quem aqueles caras passam o tempo todo vendendo aquilo? Haja criatividade para o texto de venda. São tapetes! E você já viu o preço? Tem tapete ali que custa mais do que um carro! Para custar aquilo, só se fosse tapete voador. Bingo! É isso! Eles SÃO tapetes voadores, mas isso é mantido em segredo! Gente, só pode ser isso! Eles vendem tapetes mágicos, mas não dizem. Já reparou que todos os vendedores são árabes? Descendentes de Aladim! Só um pequeno grupo de iniciados no mundo inteiro sabe disso, é para eles que esses canais são dirigidos. É o segredo industrial mais bem guardado da terra. Se vier a público, será o fim das

Mário, que Mário?

companhias aéreas. Mário, Mário. Vá dormir. Definitivamente você está louco. Mudo para o Cartoon Network e está passando *Scooby Doo*.

Lá estamos eu, Daphne, Welma, Salsicha e Scooby correndo. Fred não está, talvez o monstro azul de baba púrpura que nos persegue já tenha capturado nosso amigo. Olho para o meu corpo e percebo que me transformei num desenho animado. Salsicha e Scooby resolvem parar no meio da corrida para comer biscoitos encontrados na despensa, apesar da gritaria geral para que corram também. O monstro avança e começa a dizer coisas horríveis para nós. Agora estamos num corredor cheio de portas. Salsicha e Scooby entram numa porta e saem pela outra, correndo. A turma toda vai atrás, mas eu já estou cansado. O monstro se aproxima de mim e vai me pegar. A velha do prédio em frente abre uma das portas bem na hora em que o monstro vai me dar o bote e ele a percebe. Ela tenta voltar, mas já é tarde. É engolida. Os gritos da velha chamam a atenção de toda a turma, e todos aparecem nas portas. Welma lança sobre ele uma rede. Aprisionada, a criatura grita palavrões horríveis: salário mínimo, fatura de cartão de crédito, juros do cheque especial! É chegada a hora de ver a identidade secreta do monstro. Retiramos sua máscara e, para espanto de todos, o rosto que aparece é o meu. Já transformado em monstro, eu viro para a turma de Scooby e digo: "Eu teria conseguido se não fossem esses garotos enxeridos." Acordei suado. Adormeci no sofá vendo o desenho, e já são três da manhã. Vou ao banheiro dar uma mijada e, no caminho, olho meu reflexo no espelho. Os chifres ainda estão lá.

Capítulo 2

Dircinéia trabalha aqui em casa há quatro anos. No início eu me irritava um pouco com as suas burrices, mas logo transformei isso em fonte de diversão e inspiração. Alguém como ela certamente teria dificuldades em trabalhar na casa de uma pessoa com menos saco, mas na casa de um humorista o seu lugar é garantido. Estudou até o segundo ano primário e mal sabe escrever. Divirto-me com suas listas de compras. Uma vez pediu um quilo de chão de dentro. Chão, assim mesmo. Algumas de suas histórias viraram folclore entre meus colegas e há quem jure que a maioria delas eu inventei porque parecem piadas. Se eu me desse ao trabalho de anotar todas, já teria um livro inteirinho. Com o tempo eu aprendi que não posso pedir certas coisas a ela. Uma vez, quando ela saía de casa, eu pedi para que trouxesse a *Veja*. Voltou com o desinfetante Veja.

— Seu Mário, eu não sabia...

Por que será que pobre sempre fala "seu" ao se referir ao patrão? Não é estranho? Sim, porque é "seu" de quem? O pronome possessivo aqui me deixa possesso. Mas por que eu comecei a falar na Dircinéia do nada? Porque acordei com o barulho dela lavando os pratos e fui correndo para o espelho do banheiro ver se os chifres ainda estavam na minha cabeça. Dei de cara com Dircinéia no meio da sala e, ao me ver, ela soltou um berro de pavor! Corri e me tranquei no quarto de novo. Meu Deus, com que espécie de deformação eu estaria agora? O que teria aterrorizado tanto aquela criatura? Por que as lojas 24 horas têm portas se elas não fecham nunca? Questões, questões. Abri um pouco a porta e pus a cabeça de fora.

— Dircinéia! — chamei.

Ela estava trancada na cozinha e também colocou a cabeça na porta para responder.

— O que foi, seu Mário? Eu não vou aí, não!

— O que foi pergunto eu! Por que você saiu correndo quando me viu? É por causa do chifre?

— Chifre? Que chifre?

— O chifre que tá na minha cabeça.

— Ah, desculpa, seu Mário, mas não vi sua cabeça, não...

— Então por que você correu?

— É que o senhor veio andando pelado pra cima de mim...

Ah, claro. Eu durmo pelado desde pequeno. Não foi a primeira vez que um acidente como esse aconteceu. A empregada que trabalhava aqui antes da Dircinéia pediu demissão porque um dia entrou no quarto e me viu dormindo de pau duro. Quando eu acordei só tinha um bilhete em cima da mesa: "Não trabalho em casa de tarado." O pau é a única parte do ser humano que tem vontade própria. Com seus milhões de neurônios, o cérebro é incapaz de controlá-lo. Um cara pode estar cheio de vontade de transar, mas vai que, naquele dia, seu pau resolve entrar em greve? Tenho algumas experiências com broxadas, mas nenhuma delas foi mais marcante do que a primeira. Sim, eu broxei aos 12 anos de idade. E a primeira broxada a gente nunca esquece. Um sujeito que morava na mesma rua que eu vivia chamando a minha mãe de gostosa. Moleque de rua safado, eu colocava o pau pra fora.

— Gostoso é isso aqui — eu dizia, balançando o instrumento.

Um dia meu vizinho lançou um desafio:

— Que gostoso o quê? Aposto que essa merda aí não fica nem dura.

— Duvida?

— Duvido. Se ficar duro eu te dou cinqüenta pratas — respondeu ele, pegando a nota na carteira.

Eu tentei de tudo, mas o pau não ficou duro de jeito nenhum. Perdi a aposta, mas aprendi muito cedo a lição: não existe pau mandado, é seu pau que manda em você.

Mas voltemos a Dircinéia. Perceba: ela não viu os chifres, mas viu meu pau. E ficou olhando fixamente para ele. Considerando que eu não sou exatamente um bem-dotado, isso significa que não havia mais nada que chamasse a atenção. Os chifres sumiram!!! Corri até o banheiro e olhei no espelho: eu estava realmente livre dos cornos. Comecei a cantar *Singing in the Rain* ali mesmo. Para comemorar, nada melhor do que figos. Eu sou louco por figo.

— Dircinéia, vai por favor à feira e traz figo.

— Figo fruta ou bife de figo?

Depois que Dircinéia saiu, a campainha tocou insistentemente. Abri a porta sem olhar pelo olho mágico, achando que ela esquecera alguma coisa. Era Lara. Olhei para ela impaciente, e ela me respondeu com um sorriso que Van Gogh jamais seria capaz de dar: de orelha a orelha.

— Oooooiiii — ela disse.

Quando alguém te cumprimenta assim, pode desconfiar de que aí tem.

— Oi — respondi, secamente.

Mário, que Mário?

— O que é? Não vai me convidar para entrar, não?

— Olha, Lara, eu tô de saída.

— Vai a uma convenção de nudismo?

Não percebi, mas ainda estava pelado. Saí da frente para ela entrar.

— Mário, que história é essa de chifre?

— Ué, é você que tem que me dizer...

— Não, Mário. Eu liguei pra cá e você me disse que estava com um par de chifres na cabeça. Depois começou a falar um monte de coisas sem sentido e desligou o telefone, lembra?

Lembrava, claro que eu lembrava. Mas agora algo me intrigava. Enquanto Lara falava, eu percebi que sua voz estava sofrendo uma estranha alteração. Aos poucos, ela começou a repetir três vezes a palavra final, como se fosse um eco de si mesma.

— Lara, por que você está repetindo a última palavra de cada frase três vezes?

— Eu?!?!!

— Isso, você, você, você.

— Você tá louco?

— Aí, tá vendo? Fez de novo, de novo, de novo.

— Mário, quem repetiu três vezes agora foi você.

— Meu Deus! Será que isso é contagioso?

— Escuta aqui, Mário. Num dia você disse que seu dedo estava encolhendo, no outro cismou que estava nascendo um rabo na sua bunda, depois disse que tinha chifres. Essas suas maluquices já estão me enchendo o saco. No início até que eu achava engraçado, mas agora não tem mais graça.

— Isso é normal em todo relacionamento. No início o cara parece um gatinho ronronando, depois aquilo vira um ronco insuportável. Tudo bem, as coisas aconteciam comigo. Mas agora estão acontecendo com você. Você está falando com eco.

— Olha, eu já vi muitas formas estranhas de dar o pé na bunda de alguém, mas você realmente bateu todos os recordes.

Lara pegou a bolsa e saiu, batendo a porta, enquanto a palavra recordes continuava a reverberar pela sala. Incrível como ela não percebera que estava mesmo repetindo as últimas palavras. Liguei para o Pedro, para saber como tinha sido a noitada e contar sobre a gagueira de Lara. O celular caiu na secretária eletrônica, e ouvi a saudação engraçadinha dele. Primeiro, vinha o grito de uma galera de futebol e, em seguida, ele falava: "Estou mais fora da área do que goleiro adiantado. Deixa o recado aí, mané." Alguém pode me dizer qual é o problema das pessoas com as secretárias eletrônicas? Conheço um cara que de vez em quando deixa mensagens aqui e fala com a máquina como se estivesse conversando comigo. Bate o maior papo. "Cara, tu não sabe da maior, ontem eu fui lá e blá, blá, blá, blá." Minha tia, quando liga, fala assim: "Mário, ligar para sua tia. Assinado:

Maria Teresa." Espera aí? Assinado?!?!!?! Acho que o sinal de gravação, aquele piiiii, é emitido numa freqüência que desestabiliza o cérebro humano, provocando reações imprevisíveis. Mal terminei de deixar o recado e a campainha tocou de novo. Lara, provavelmente, querendo conversar mais. Abri de novo sem checar o olho mágico. Era Pedro, com roupa de *jogging*.

— Ah, não. Começar o dia vendo homem pelado não dá. Isso dá azar — ele disse, entrando. — Tá pelado por quê? Vai me dizer que agora teu pau é que tá encolhendo? Ih, rapaz... É mesmo, olha só que mixaria.

— E aí, como foi ontem lá com a mulherada?
— Médio, médio. E os chifres? Sumiram?
— É, sumiram.
— Não sumiram, não!
— Ai, não vai me dizer que eles voltaram!

Passei a mão na cabeça, desesperado.

— Não, Mário. Eles não sumiram porque nunca estiveram aí. É mais uma das suas maluquices, cara.
— Não é. Eles estavam aqui, sim. E hoje aconteceu uma coisa estranha.
— Hoje? Mário, com você todo dia acontece uma coisa estranha.
— Não, é sério. A Lara esteve aqui e começou a falar com eco. Repetia as palavras três vezes.
— Com eco? Só me faltava essa. Mário, você está ficando doido.

Pedro pegou seu celular e fez uma ligação.

— Alô, Lara? Tudo bem? E o Mário, tem notícia? Eu soube que vocês brigaram... Sei, sei... Eco? Meu Deus do céu... É, é... Tá bom.. Me liga depois com calma... Tchau.

Desligou.

— Porra, Mário. Ela estava falando normalmente. Você inventou isso só para irritar, não é?

— Não, não, claro que não.

— Ah, eu já cansei de entender. Vai lá vestir alguma coisa e vamos, que já está ficando tarde e eu tenho que trabalhar. Quem ganha a vida com a bunda pelada sentada em casa é você.

Pedro e eu andamos na orla todo dia. No caminho, invariavelmente ele passa o tempo todo falando de mulher e reclamando da ex-mulher. Foi casado por dois anos, e isso foi suficiente para perder metade de todo o seu patrimônio. O casamento ia mal e, no fim, eles já não trepavam.

"Minha ex-mulher resolveu foder comigo só depois de separada" é uma de suas piadas recorrentes.

Ele aturou tudo da mulher, mas um dia resolveu se separar quando ela perguntou por que ele coçava o saco todas as noites antes de dormir.

— Mário, quando um homem não consegue nem mesmo coçar o seu saco em paz, é chegada a hora da partida.

Mário, que Mário?

Jurou que não casaria nunca mais e se deu a missão de comer todas as mulheres do mundo. A caminhada terminou com a água-de-coco no quiosque de sempre. O sol estava ótimo, e resolvi ficar na praia. Só voltei para casa por volta de três horas. Dircinéia estava se preparando para ir embora.

— Seu Mário, eu fiz uma coisa pro almoço que o senhor adora!

— Hummm, o que é?

— Ah, o senhor vai ter que adivinhar...

— Rabada?

— Não, não.

— Lasanha?

— Ihhhh, tá friiiiio.

— Bife à milanesa?

— Não, seu Mário. Oh, vou te ajudar: começa com I.

— Com I???? Não tem nada que eu goste que comece com I...

— Tem, sim. Istrogonofe!

Comi, li os jornais buscando idéias para a charge, fiz o desenho e entrei na internet para mandar por e-mail. Minha caixa de mensagens está sempre lotada. Passei mais ou menos duas horas navegando nos sites, fóruns e listas de discussão de costume. Numa delas, dei minha opinião sobre uma questão importante: existem mais piadas de papagaio ou de português? Só percebi que estava anoitecendo porque a sala ficou escura. Hora da luneta.

As mesmas figuras de sempre, só que hoje aparentemente o cara da boneca inflável vive uma crise conjugal. Só o velho que cospe na sopa sabe o que é ser casado com alguém quando não se tem mais nada. Por falar nele, está quase na hora da cusparada. Lá vou eu. Humm, hoje ele está oferecendo água a ela. Que gentil. Nossa, até preparou os comprimidos para a coitada tomar. Ela bebe e ele dá uma risadinha. Não demora e a velha põe a mão na garganta. Está desesperada. Ela se curva e tosse. Ele grita. Agora ela encosta na parede e continua tossindo. Será que ele a envenenou? Trocou os remédios e pôs algo para finalmente se ver livre? Deus, a mulher está ficando roxa, e ele ali só olhando. Que frieza! Mais tosse, mais mão na garganta. Ela apóia as costas na parede, perde as forças e fica de joelhos. O velho corre até ela e dá socos em seu peito. A mulher tenta gritar, mas a voz não sai. Ele agarra seu pescoço. O veneno não foi forte o suficiente para matar, e agora ele vai fazer isso com as próprias mãos. A velha vai ficando roxa. Cai. Eu caio também, desmaiado.

Capítulo 3

É um escroto esse Homem-Aranha. Estão todos ali na Sala de Justiça. Batman, Mulher Maravilha, Tocha Humana. Pendurado no teto, o Homem-Aranha joga sua teia nas costas do Tocha, que com o susto pega fogo, queimando tudo em volta. Eu também estou ali, vendo tudo, mas o aracnídeo não sabe porque eu sou o homem invisível. Agora o Aranha resolveu sacanear a todos. Desceu correndo e gritou: fujam, estamos sendo atacados! Todos correm e acabam me derrubando porque ninguém me vê. Eu fico puto e começo a brigar com o sacana. Acorda, Homem-Aranha! Se um dia o aviso for verdade, ninguém vai acreditar. Acorda! Acorda! Acorda!

A voz vinha de longe, e eu acordei meio zonzo. Quanto tempo eu fiquei desmaiado sonhando com os heróis? Em algum lugar do mundo alguém deixou de ser salvo porque estavam todos no meu sonho. Ei, espera aí! Alguém deixou de ser salvo! A velha! Volto para a luneta, mas o velho não está mais na sala. Ele sai do seu quarto carregando uma mala pesada. Mas que desgraçado! Matou a velha e ainda vai sumir com o corpo. Tenho que fazer alguma coisa. Vou até o telefone e ligo para a polícia, mas ninguém atende. Não tenho tempo a perder. Preciso descer e prendê-lo ainda com a prova do crime. O elevador não chega. Está parado no terceiro andar. Desço a escada correndo. São 12 andares. Chego à rua, mas o tráfego é enorme e o sinal não fecha. Do outro lado da calçada, vejo o velho saindo com a mala na mão. Ele faz sinal para um táxi, que pára. Eu desvio pelo meio dos carros gritando: "Táxi, táxi!" Meus gritos chamam a atenção do taxista, mas o velho olha para mim e entra no carro. Corro atrás do táxi, mas não consigo alcançar. Por que os heróis de filme correm atrás de carros quando todo mundo sabe que é impossível alcançar? É nisso que penso quando finalmente desisto da perseguição. Estou exausto. Volto para casa e ligo para Pedro.

— Cara, o velho daqui de frente matou a mulher e eu vi.

— Como assim matou?

— Pedro, como é que se mata alguém? Matou, providenciou o óbito, suicidou o outro. Porra, Pedro, isso é pergunta que se faça?

— Mário, COMO ele matou?

— Sei lá, acho que esganou a mulher. Primeiro ele tentou dar veneno, eu vi tudo com a minha luneta.

— Viu com a luneta?

— É, a luneta. Você sabe que eu fico olhando o prédio da frente. Então, ele deu veneno à velha, cara!

— Sei, e depois ele pegou uma mala e levou o corpo.

— Ué, você viu também?

— Vi, claro!

— Mas como você viu?

— Na televisão.

— Que televisão, Pedro?

— Mário, isso é o roteiro de *Janela indiscreta*. Você viu isso na televisão, você tem mania de dormir vendo televisão. Outro dia mesmo sonhou que estava no *Scooby Doo*.

— Não, Pedro. É verdade. Eu vi! Eu fui atrás dele, mas ele fugiu num táxi.

— Mário, isso tá me parecendo mais uma de suas maluquices.

— Não é, Pedro! Não é! Dessa vez não é, eu juro!

— Cara, você já teve outros delírios. Me desculpa, mas eu não acredito.

— Pedro, presta atenção: eu não sou o Homem-Aranha. Eu sou o Homem Invisível!

Claro que eu não podia ter dito isso. Pedro desligou o telefone dizendo que queria dormir. Maldito sonho! Raios, raios duplos! Santa descrença! E por que diabos eu estou falando como personagem de desenho animado? Tenho que ir à polícia, mas é certo que o velho me viu. Se ele é capaz de matar a própria mulher, imagina o que faria com um estranho.

Decidi então fazer uma denúncia anônima. Ligo novamente para a polícia e, dessa vez, sou obrigado a enfrentar um dos piores inimigos do homem moderno: a música de espera do telefone. Quem teve a idéia imbecil de inventar isso? O mundo precisando de coisas urgentes, invenções que solucionariam problemas de milhares de anos, e alguém resolve que o grande lance é fazer o telefone tocar musiquinha ridícula enquanto você espera! Por que diabos não fizeram, por exemplo, uma fôrma de gelo que funcionasse? Sim, porque até hoje ainda não fizeram isso: ou elas são de metal e você não consegue retirar o gelo sem quebrar o pulso; ou são de plástico e, quando você torce, o gelo simplesmente cai no chão ou se espalha pela pia. Não, mas isso não interessa a ninguém: vamos inventar a musiquinha de telefone. E claro que não pode ser qualquer música: TEM que parecer uma caixinha de música irritante. Era nisso que eu pensava quando me dei conta de que minha ligação podia ser rastreada e meu número descoberto pela polícia com um simples identificador de chamadas.

Desliguei antes que alguém atendesse. Pelo celular também não adiantava ligar. O melhor seria usar um telefone público, assim eles nunca saberão quem denunciou o velho. Ando dois quarteirões até achar que estou a uma distância segura de casa. Quando olho em volta procurando um telefone público, vejo que os dois caras que estavam andando atrás de mim param e disfarçam. Relaxa, Mário. É tarde, e talvez eles estejam com tanto medo de você quanto você deles. Quantas vezes você já ouviu essa expressão: "Talvez eles estejam com mais medo de você do que você deles"? Agora, me explica: por que dois caras parrudos estariam com medo de um cara sozinho e com físico mais para Betinho do que para Stallone, como eu? Por precaução, resolvo andar mais rápido e percebo que eles também aumentam a velocidade das passadas. A chuva fina e o friozinho dessa época do ano deixaram a rua deserta. Sim, claro, você está certo: o herói do livro está caminhando sozinho na rua, e está chovendo. Se isso fosse um filme, já haveria uma musiquinha de suspense rolando no fundo. É claro que algo vai acontecer ao nosso herói. Bom, herói é modo de dizer, porque a essa altura eu já estava me cagando de medo.

Já li em algum lugar que uma boa estratégia para fugir de assalto é andar como um louco pela rua. Maluco não leva muito dinheiro, e os ladrões sempre desistem quando o sujeito começa a chamar atenção. A cada três passos eu dava um pulinho no ar e movimentava as pernas como se estivesse pedalando.

Isso devia assustá-los, claro. Mas não: só permitiu que eles chegassem mais perto. Claro que não deviam ser assaltantes comuns: eu não estava de relógio, não estava bem-vestido e não havia nada em mim que chamasse a atenção de bandidos. Mas espera aí? Quem disse que eles são assaltantes? Mário, Mário, você já foi mais inteligente. Tá na cara que o velho mandou esses caras atrás de você para te eliminar. Saí correndo. Eles vieram atrás correndo também. Agora, sim, estou perdido. Se eu alcançar uma loja de conveniência que fica na próxima rua, talvez tenha chance de despistá-los. É provável que fiquem do lado de fora e que não saibam que a loja dá passagem para outra rua. Felizmente as caminhadas diárias na praia me deixaram em forma e não foi difícil chegar lá mantendo a distância dos caras. Entrei na loja e fiquei um tempo lá. Os dois ficaram do outro lado da rua, olhando lá para dentro. Usei a minha passagem secreta e saí do outro lado, procurando um táxi para ir direto à delegacia. Eu já estava em risco, não havia por que me esconder mais. Quando olhei para trás, lá estavam eles, novamente me seguindo. Corri de novo e eles continuaram atrás, cada vez chegando mais perto. Entrei por um labirinto de ruas e, no fim das contas, quando vi, já estava no maior clichê das histórias policiais: uma rua sem saída.

Não me restava fazer nada a não ser esperar meu destino. Eu não iria morrer sem luta. Não iria morrer

Mário, que Mário?

de qualquer jeito, porque se tivesse morrido não estaria aqui escrevendo esta história, claro. O coração batia a mil quando tentei minha última manobra estratégica: o golpe da garça de Karatê Kid. Na minha última briga, no colégio, eu derrubara um moleque assim. Levantei meus braços acima da cabeça com as mãos inclinadas para a frente e arqueei um pouco o tronco, enquanto dobrava o joelho, deixando o pé direito a uns cinco centímetros do chão, com o corpo todo apoiado na perna esquerda. A posição ridícula distrai o inimigo, que leva um chute fatal no queixo. Um grito forte assusta e demonstra força. Os dois chegaram perto, eu armei o golpe e fiquei pulando num pé só. Gritei com todo o ar dos pulmões:

— UAAAAAAAAIIIIIIII.

O "ai" foi na hora que eu tomei uma porrada. Sem apoio, levei uma banda facilmente e caí no chão. Os dois vieram para cima de mim e começaram a me chutar. Vi um clarão quando o tênis de um deles acertou meu rosto e depois apaguei de vez.

Acordei zonzo, sem carteira, documentos, dinheiro, nada. Provavelmente eles levaram tudo para dificultar o meu reconhecimento. O estrago tinha sido feito. Eu estava todo dolorido e com o braço direito engessado. Quinze dias no mínimo sem poder fazer charges. Verifiquei com a língua se todos os dentes estavam no lugar, e para minha sorte nenhum tinha caído. Felizmente não teria que gastar uma fortuna com dentista. Sim, porque, como diz o Pedro, dentista é igual a mulher: primeiro deixa você de boca aberta e babando, depois leva todo o seu dinheiro.

— Onde estou? — perguntei ao cara deitado na cama ao lado.

É sempre assim. O sujeito está numa cama, num lugar todo branco, cheio de doentes em volta, com o braço engessado, cheio de aparelhos clínicos, vestido com um pijamão azul escrito HOSPITAL DAS CLÍNICAS, e o que ele pergunta? Onde estou. Como assim onde estou? Será que você foi surrado e, enquanto estava inconsciente, conseguiu uma ponta como figurante no *Plantão médico* ou em outro seriado de hospital que passa na TV? É claro que você só pode estar num hospital, mas todo mundo faz essa pergunta. O cara olhou para mim e murmurou alguma coisa, mas certamente queria dizer que eu estava num hospital. Pelo menos eu estava pronto para realizar a minha maior fantasia sexual: comer uma enfermeira gostosa dentro da clínica. Foi só ela entrar que eu finalmente descobri onde tinha ido parar o Jabba de *Star Wars* depois do fim do filme: ali mesmo, para cuidar de mim. Quem foi o idiota que criou a fantasia da enfermeira gostosa? Você provavelmente já foi a algum hospital na vida, não? Então me responda: em algum deles você viu UMA ÚNICA enfermeira gostosa? Não, meu amigo, claro que não. Isso é uma lenda. Uma história que contam para a gente perder o medo de ir ao hospital. Agora estávamos ali, eu e Jabba. E Jabba falava comigo:

— Vamos tomar uma sopinha?

Por que as enfermeiras falam desse jeito? "Vamos tomar uma sopinha", "Vamos tomar um banho". É tudo no plural: vamos isso, vamos aquilo. Elas não vão a lugar algum. E muito menos o paciente, porque está ali preso àquela cama. Note bem: a síndrome do plural sempre aparece quando VOCÊ vai se dar mal, mas todo o resto vai continuar bem. Quando seu chefe diz: PRECISAMOS cortar custos, isso significa que ele vai continuar a ir a almoços de negócios em restaurantes caros, mas que o tíquete-refeição da empresa vai passar a ser menor.

— Vamos tomar a sopinha ou não vamos? — a enfermeira insistiu.

— Ahã — respondi.

— Tá tudo bem?

Tirando o fato de eu estar aqui todo quebrado, sim.

— Ahã — respondi de novo.

— Qualquer coisa, aperta aquele botãozinho ali que eu venho, tá? — ela disse, apontando para a parede.

— E onde fica o botão para você não aparecer mais?

— O quê?

— Se eu apertar o botão, você vem mais?

— Isso, isso.
— Tá bom, tchau. Eu queria ligar para uma pessoa, mas levaram meu celular. Você pode ligar para mim?
— Claro, claro. Me dá o número.

Dei a ela o telefone do Pedro. Enquanto Jabba se afastava, vi que de costas ela era ainda pior do que de frente. Ela estava pronta para ser a nova garota-propaganda da Michelin. Gritei, de longe:

— Vamos emagrecer?
— Hã?!?!?!
— Quero te agradecer!
— Ah, tá. De nada...

Pedro chegou duas horas depois de Jabba ligar para ele.

— O que foi, Homem-Aranha, tentou saltar de algum prédio?
— Que papo é esse de Homem-Aranha, Pedro?
— Da última vez que a gente conversou, você disse que era o Homem-Aranha. Então, pelo visto, você resolveu sair pulando por aí. Era só o que faltava, Mário.
— Ah, eu nem me lembrava dessa história, cara. Me deram uma surra.
— Então você não é o Homem-Aranha. É o Homem-Apanha!

Mário, que Mário?

— Não sei o que dói mais: se é minha cabeça ou esse trocadilho infame. Vem cá, Pedro, que eu quero te falar uma coisa.

Olhei em volta para checar se alguém estava nos ouvindo e sussurrei para Pedro:

— Eu não te falei que o velho matou a mulher? Eu vi tudo, mas você não acreditou.

— Mas o que isso tem a ver com a velha? Não vai me dizer que você foi tomar satisfações e o velho era faixa preta?

— Pedro, por favor, pára com essas piadinhas ridículas. Isso tá parecendo filme americano. Sempre que os heróis estão vivendo alguma situação de tensão e perigo, alguém solta uma piada ridícula. Acontece uma desgraça, um tufão destrói a casa do sujeito toda e aí alguém vira para ele e diz: bom, pelo menos você não vai mais ter que fazer faxina.... Já reparou?

— Tá bom, Mário, tá bom. Eu só estou tentando fazer você relaxar...

— Me fazer relaxar? Tá querendo o que, me comer?

— Até que você dá um caldo com essa camisolinha verde de hospital. Mas eu sou mais a enfermeira — disse Pedro, apontando para Jabba.

Caímos na gargalhada juntos.

— Agora, falando sério. Eu finalmente resolvi denunciar o velho e quando saí para procurar um orelhão dois caras me seguiram e me arrebentaram todo. Só pode ter sido a mando do velho, cara. Ele sabe que eu vi e está tentando me matar. Ainda levaram todos os meus documentos, para eu não ser reconhecido.

— Mário, você está delirando. É obvio que você foi assaltado.

— Que assaltado, Pedro! Acredita no que eu tô dizendo: eles queriam me matar!

— E por que não mataram de uma vez?

— Sei lá, acho que na hora deve ter aparecido alguém e eles desistiram. E, além disso, você acha que o velho tá querendo abrir uma fábrica de presunto? Acorda, Pedro. De repente ele só quis dar um recado, para eu ficar quieto. Então fizeram tudo para parecer um assalto.

— Mário, eu nunca pensei que fosse dizer isso, mas acho que você pode, veja bem, PODE, ter razão. Não estou dizendo que você TEM razão, mas que pode ter, entendeu?

— Finalmente, Pedro! Finalmente! A gente precisa fazer alguma coisa para colocar esse velho na cadeia.

— Calma aí, Mário. Antes de mais nada, você precisa saber se ele realmente matou a mulher. Você tem certeza disso?

— Eu vi, Pedro! Eu vi! Ele ainda levou o corpo dentro de uma mala.

Mário, que Mário?

— Bom, aí é que está. E se ele enterrou a velha? Como você vai provar que ele a matou. Sem corpo não tem crime.

Pedro tinha razão. O velho tinha enterrado o corpo em algum cemitério clandestino. Esse velho era frio e calculista. Aliás, por que todo mundo que é frio tem que ser calculista? Eu nunca vi um cara frio que fosse só frio. E se o cara for frio, mas for ruim de matemática? Não pode ser calculista...

— E daí? Eu vou lá e denuncio. A velha vai ter que aparecer. Ela deve ter parentes, alguém que sinta falta dela. Só quem some assim, de uma hora para outra, é ex-participante do *Big Brother*!

— Antes de fazer qualquer coisa, você precisa ter certeza de que a velha morreu. Mário, você desculpe o que eu vou dizer, mas você tem se comportado como doido. Toda hora você inventa uma coisa, num dia diz que está com chifre, no outro acha que seu dedo está ficando menor, depois diz que a Lara tá falando com eco, outro dia liga para dizer que é o Homem-Aranha!

— Pedro, escuta o que eu estou te dizendo: isso NÃO é delírio meu.

— Então você está admitindo que o resto foi delírio?

— Não, cara, mas pode ser que eu tenha imaginado essas coisas, sei lá.

— E o que garante que desta vez é diferente?

— Você não tá vendo? Eu estou todo quebrado aqui. Você acha que eu saí me batendo nas paredes para inventar isso? Porra, Pedro, se você acha isso, então compra logo uma camisa-de-força para mim.

— Presta atenção, Mário: isso que você está falando é muito sério. Não dá para chegar na polícia, acusar o velho e depois você vir e dizer que acha que foi uma maluquice sua. É bom você ter certeza do que está fazendo, senão isso vai dar a maior merda. Cuidado para você não quebrar a cara...

— Olha para mim: ela já está quebrada.

— Quando é que você vai ter alta?

— Acho que hoje mesmo. Só estão esperando algumas radiografias.

— Eu vou embora que tem uma mulherada me esperando aí. Me liga se você for sair hoje mesmo. Eu, se fosse você, ficaria fora dessa. Se foi o velho mesmo, mais cedo ou mais tarde alguém vai descobrir. Até agora eu ainda não entendi por que você quer se arriscar.

— Deixa eu te contar o segredo: eu sou o Homem-Aranha. O Mário que você conhece é uma identidade secreta.

Pedro ficou transtornado e achou que eu estava mais uma vez delirando.

— Eu tô brincando, cara. Relaxa.

Deixei o hospital no dia seguinte pela manhã com o braço engessado e mancando um pouco. O corpo ainda doía, mas eu não podia perder tempo. Se o velho estivesse realmente desconfiado de que eu tinha visto tudo, não ia demorar para sumir do mapa. Provavelmente a coroa tinha algum seguro, e a essa hora ele já devia estar pronto para receber a grana e sair por aí. O tempo ocioso que passei deitado naquela cama me fez pensar nos últimos acontecimentos, e pela primeira vez tive dúvidas sobre as coisas que eu cismava. Sim, era provável que eu realmente não tivesse ficado com chifres, que Lara não tivesse eco e que eu não estivesse falando como desenho animado. Mas eu não tinha dúvidas sobre a morte da mulher. Eu só tenho duas certezas na vida:

1. Aquele velho matou a mulher.
2. Não importa aonde você vá, sempre haverá uma *van* atrapalhando o trânsito no caminho.

Pedro, porém, tinha razão: eu precisava confirmar a morte antes de ir à polícia. O jeito era ir até o prédio da velha e tirar essa informação do porteiro. A rede internacional de comunicação dos porteiros não podia falhar. Resolvi passar numa papelaria, comprar uma caixa de papelão, embrulhar para presente e fingir que era uma entrega para a velha. No caminho até a loja passei numa banca de jornais e só então me lembrei de que não só não mandara a charge como também não ligara para lá para avisar que estava acidentado. Meu sentido de aranha apitava dizendo que aquilo ia custar caro.

— Cinco reais.
— O quê. Cinco reais por um pacote?... Eu sabia que ia custar caro, meu sentido de aranha nunca falha. — Tá bom, pode embrulhar.

Achei que seria uma boa idéia usar um casaco para cobrir o braço engessado. Eu seria facilmente reconhecido pelo porteiro se passasse na porta do prédio, dias depois, com o braço quebrado. Para completar o disfarce, decidi usar um boné e um bigode postiço. Isso se eu tivesse conseguido um bigode postiço. Alguma vez na sua vida você já encontrou uma loja que venda bigodes postiços? Nem eu. Mas em qualquer romance de quinta categoria o protagonista resolve usar um bigode e ele aparece num passe de mágica. Bom, o jeito seria ir sem bigode mesmo. O meu maior medo de ir até o prédio de cara limpa era encontrar o velho, mas não havia alternativa. Eu tinha uma missão a cumprir, aquele sonho do Scooby Doo foi um aviso: eu tinha que desmascarar o velho. Cheguei à portaria com o coração saltando pela boca de tanta tensão, olhei em volta para ver se o velho estava lá, mas, à exceção do porteiro, não havia mais ninguém no *hall*.

— Bom dia, eu vim entregar essa encomenda para aquela velhinha que mora no quarto andar, mas tem que ser em mão.

— Velhinha do quarto andar? A dona Efigênia?

— Isso, aquela de cabelo todo branco.

Mário, que Mário?

— Ihhh, rapaz. Ela morreu.

— Morreu?

— É, coitada, morreu tem dois dias. Mas você pode entregar ao marido dela, olha ele chegando aí.

O porteiro apontou para a entrada do prédio e lá estava ele, o velho, vindo na minha direção. Eu não podia correr para a rua porque provavelmente ele estava com seus dois capangas, então resolvi entrar no prédio. Joguei o pacote em cima do porteiro e saí correndo. O velho veio atrás, entrei no elevador e apertei o botão para fechar a porta.

— Espera aí! Eu sei que você me viu! — disse o velho, segurando a porta do elevador, que abriu.

Armei a posição de Karatê Kid e desferi o golpe mortal. Mortal para mim, que me desequilibrei e caí no chão, diante do velho, que começou a gritar socorro, enquanto me chutava. Rolei para o lado e, numa manobra rápida, acertei a cabeça do velho com meu braço engessado. Ele apagou. O porteiro veio correndo atrás e disse que ia chamar a polícia.

Meia hora depois estávamos sentados no banco da delegacia, esperando a chamada. Eu, de braço quebrado; o velho, com a cabeça enfaixada. Ao ver a cena, um policial que passava perguntou o que tinha acontecido. Eu respondi:

— Esse velho é um assassino.

— Deve ser mesmo. Com essa idade e conseguiu quebrar seu braço numa briga.

Enquanto aguardávamos, os dois caras que tinham me quebrado também chegaram, algemados e escoltados por dois policiais.

— Agora a quadrilha está completa — gritei, triunfante. Certamente os dois tinham sido presos do lado de fora do prédio.

Quinze minutos depois eu e o velho fomos chamados à sala do delegado. Ele era um desses garotos que acabara de sair da faculdade de Direito e passara na prova para a polícia. Engomadinho, vestido num terno bem cortado, contrastava com a figura do escrivão ao seu lado, esse elegante como um açougueiro, e gordo, com um vasto bigode. O delegado me fez a primeira pergunta, enquanto o escrivão acertava o papel na máquina de escrever:

— Nome do elemento.

Acho que todo policial tem vocação para químico. Nenhuma pessoa é simplesmente uma pessoa: é um elemento.

— Mário Ribeiro — respondi, enquanto ele ia datilografando e fazendo as perguntas de praxe: idade, profissão, endereço etc.

— Motivo da agressão?

— Legítima defesa — respondi, pensando se existe alguma ilegítima defesa.

— O senhor sabia que agressão dá cadeia? E ele é um senhor de idade, isso é agravante...

Mário, que Mário?

— Claro que eu sei, doutor, mas espera aí: eu bati nele, mas ele fez muito pior. Ele matou a mulher.

— Como é que é?

— É isso mesmo: esse velho aí é um assassino, ele matou a mulher dele, mas eu vi tudo pela minha luneta.

— Eu matei minha mulher? Que história é essa, seu maluco?

— Ah, meu amigo, você é que vai ter que contar essa história. Pergunta a ele aí, doutor, que história é essa.

— Que história é essa, senhor? — perguntou o delegado ao velho.

— Eu é que quero saber! A minha mulher morreu tem dois dias, esse maluco aparece no meu prédio e me dá uma cacetada na cabeça, e agora ainda vem me dizer que eu matei a minha querida Efigênia!

— Querida??!!?!?!?! Me desculpe, seu delegado, mas esse homem envenenou a mulher! Eu vi tudo.

— Envenenei?!?!?! A Efigênia morreu engasgada, seu imbecil!

— Engasgada?!?!

— É, ela se engasgou e morreu!

— Mas eu vi você pulando no pescoço dela e depois socando a pobre coitada!

— É claro! Eu estava tentando salvar a minha velha.

— E a mala? Ela sumiu, e você saiu com uma mala!

— Ela foi para o hospital e eu tive que levar roupas para ela. Mas a coitada não resistiu, que Deus a tenha.

— E por que o senhor fugiu de mim num táxi?

— Fugi? Eu não fugi de ninguém, você é que queria roubar o meu táxi. Eu estava com pressa para ir logo para o hospital.

— Ah, isso não cola. Hoje no elevador o senhor disse que sabia que eu tinha visto.

— Claro, eu sabia que você tinha me visto tentando pegar o elevador e mesmo assim fechou a porta na minha cara!

O delegado assistia a tudo tentando conter o riso.

— Doutor, isso não é possível. Esse velho colocou dois caras atrás de mim. Eu fui espancado por eles na rua. Vocês sabem que eles são uma quadrilha, não sabem? Eu vi os dois chegando aqui, eles estavam juntos nessa.

— Você está falando desses dois caras que passaram algemados aí? Eles são assaltantes e deram surra numas quinze pessoas. São animais. E o senhor, vai registrar queixa contra ele? — perguntou o delegado ao velho.

— Mas isso é pergunta que se faça? Claro! Por mim esse maníaco vai para a cadeia. Isso é um disparate!

O delegado olhou para mim com cara de professor do primário.

Mário, que Mário?

— O senhor tem noção de que por causa da sua maluquice mobilizou uma força policial que podia estar nas ruas? O senhor não tem mais o que fazer do que ficar inventando história, não? Infelizmente eu vou ter que instaurar um inquérito e você vai responder por falsa comunicação de crime, agressão e invasão de privacidade.

— Mas, doutor, eu tinha tudo para acreditar, eu vi.

— Você achou que viu. Pode ir para casa, você está liberado. Daqui a uns dias vai ser chamado para um novo depoimento. E vê se não me inventa mais nada.

— Mas o que é que eu faço, doutor?

— Mário, se eu quisesse dar conselhos eu escrevia um livro de auto-ajuda e ficava rico. Agora sai fora que eu tenho mais o que fazer.

Se você pensa que eu me senti um merda naquele momento, está muito enganado. Assim que voltei para casa, o telefone tocou e eu atendi. Era o Oscar, editor-chefe do jornal. Ele perguntou pela charge do dia, eu disse que tivera uns problemas e então ele respondeu com aquela frase que antecede todas as desgraças das relações humanas:

— Mário, a gente precisa conversar.

Depois dessa frase você pode ter certeza de que não há mais nada que possa fazer. Eu até tentei ser engraçado...

— Ué, mas não estamos conversando?

— Acho que pessoalmente é melhor.

— Oscar, vamos lá. Que papo é esse? Você quer me demitir? Então faz logo isso por telefone, para eu não ter que gastar gasolina.

— Veja bem... Existe uma insatisfação aqui entre os membros do conselho do jornal. Você tem um espaço nobre, na primeira página, e andam reclamando que você tem pegado pesado demais.

— Mas isso não é novidade. Eles sempre reclamaram.

— Só que agora ficou difícil te defender, Mário. Hoje um dos coroas do conselho me disse que você agrediu um amigo dele com um golpe de Karatê Kid. Que história é essa, Mário?

Era só o que me faltava. O velho do outro lado da rua era amigo de um dos acionistas principais do jornal. Naquela hora eu me senti personagem de um péssimo livro de humor, em que o autor tem que apelar para coincidências improváveis para dificultar a vida do protagonista. Pensando bem, até que a coisa não era tão improvável assim. Afinal, além dos porteiros, os velhos também formam uma rede imensa de informações. É só olhar em volta e você vê. Repare só: velho reclama de solidão, mas só anda em bando. Você já viu um velhinho sozinho sentado no banco da praça. Pois é?

Expliquei ao Oscar o que tinha acontecido, ele disse que lamentava, mas que não tinha jeito de me segurar. Se você pensa que eu me senti um merda naquele momento, está muito enganado. Eu me sentia um esfíncter. Sim, um esfíncter, o músculo do nosso corpo cuja única função é controlar a saída da merda. O último degrau da pirâmide social do nosso corpo. Mário Ribeiro, o homem-esfíncter.

Capítulo 4

Quando se chega ao fundo do poço não há outro caminho a não ser subir. Graças a essa observação ridícula eu ganhei muito dinheiro. Sim, hoje eu sou um bem-sucedido autor de livro de auto-ajuda: *Lições de vida: 101 hábitos de pessoas que mexeram no seu queijo, fizeram amigos e influenciaram pessoas graças à arte das afirmações afirmativas.* É isso mesmo. Não se trata de mais um dos meus delírios, nem dos meus sonhos com Scooby Doo ou Homem-Aranha. Só não vou dizer que sou o escritor que mais ganha dinheiro depois do Paulo Coelho porque nem eu nem ele somos escritores. Uma coisa é o cara escrever livro, a outra é ser escritor. Só tem um probleminha: ninguém sabe quem sou eu. Na verdade, o autor do best seller do momento se chama Vandalay Flanders, Ph.D. Vandalay sou eu. Mas isso é segredo.

Quem é Vandalay pouco importa. A grande questão agora é outra: estou aqui de pé segurando um fósforo e pensando se incendeio ou não o meu apartamento. Já espalhei gasolina em todos os cômodos da casa. No meu sofá tem um cadáver, sentado. Opções:

a) Queimo tudo e fujo.

b) Sumo com o morto e tento levar a vida normalmente.

c) Assumo o que fiz.

Enquanto tento decidir, vou repassando mentalmente tudo o que me levou até aquela situação. No dia seguinte à minha demissão, Pedro apareceu lá em casa bem cedo, como de costume, para a nossa caminhada.

— Pedrão, hoje eu não vou.

— Mas por quê? Vai ficar aí trancado em casa só porque foi demitido? Vai para o mundo, cara, não se abate, não.

— Você não está entendendo: em menos de uma semana eu perdi a mulher, o emprego e ainda fui tachado de maluco.

— Eu vou te contar uma história. Quando eu era moleque, caí num poço na fazenda dos meus avós. Já estava quase noite, e eu fiquei sozinho lá, gritando, mas ninguém ouvia. Eu fiquei desesperado achando que ia morrer ali e comecei a gritar mais alto, até que meu avô ouviu e apareceu lá em cima. Ele virou para mim e perguntou: "Por que você está chorando tanto?

Você já caiu, daí não passa. Só dá para subir." Meu avô jogou uma corda e me tirou. Desde aquele dia eu aprendi essa lição de vida: quando se está no fundo do poço, não há outro caminho a não ser subir.

Você já reparou que em todos os filmes um personagem diz uma coisa assim, do nada, sem pretensão, e logo logo o protagonista percebe que aquilo é uma idéia incrível e chama o outro de gênio? Pois é. Veja como funciona na prática:

— Qual foi mesmo a lição?

— Quando se está no fundo do poço, não há outro caminho a não ser subir.

— Pedro, você é um gênio!

— Eu, um gênio? Por quê? Por causa dessa história do poço?

— É, eu acabei de ter uma idéia. Talvez a melhor idéia da minha vida. Vou fazer um livro de auto-ajuda.

— Mário, você pirou de vez. Você já não estava fazendo um livro?

— Estava, mas preciso ganhar dinheiro. Eu tive um sinal quando saí da delegacia: o delegado me disse que, se soubesse dar conselho, escreveria um livro de auto-ajuda. A sua historinha aí do poço me mostrou que qualquer um pode dourar a pílula e fazer um livro desses, com coisas do cotidiano. É só juntar as coisas, Pedro.

— Cara, ninguém quer ler isso.

— Você é que se engana! Já viu como auto-ajuda vende? Todo mundo gosta dessas obviedades. Tem muita gente querendo ouvir filosofia barata e psicologia de botequim. Dá uma olhada na lista dos best sellers, Pedro. Qualquer um pode fazer uma coisa dessas, é só querer.

— Mário, me desculpa o que eu vou dizer, mas você não tem credibilidade para escrever um livro para ajudar ninguém. Olha a tua vida, cara!

— Mas quem disse que EU vou escrever? Vou fazer um personagem e ele é quem vai escrever. É só colocar um nome estrangeiro, dizer que o cara é Ph.D. em alguma coisa e pronto: qualquer pato compra essa história. Vai por mim. A única coisa que eu te peço é não contar para ninguém.

— Você é mesmo um humorista nato, Mário. No dia em que eu contar para alguém suas maluquices, o doido sou eu. Eu dou força para esse livro, mas você tem que prometer que dessa vez não vai dar golpe de Karatê Kid em ninguém. Vou nessa.

Numa coisa pelo menos Pedro tinha razão: ninguém ia acreditar num livro de auto-ajuda escrito por Mário Karatê Kid Ribeiro. Eu precisava criar um personagem, alguém fictício, que escreveria o tal livro. Mário seria apenas o "agente" e divulgador do autor. A idéia de criar alguém serviria também para que eu pudesse continuar a trabalhar com humor. Já tive uma amiga que inventou um agente. Ela fazia uma voz diferente e ligava para os lugares, para negociar contratos, dizendo que era o agente. Quando a coisa engrossava, ela telefonava com a própria voz, voltava atrás nos pontos críticos e dizia que "aquilo era cisma do agente". Conseguiu muitos avanços assim: o "agente" reclamava, e ela embolsava. Bom mesmo se pudéssemos ter um agente para aparecer nas situações embaraçosas para nós. "Sua mulher quer discutir a relação? Chame seu agente." "Seu chefe está pegando no seu pé? Mande ele falar com seu agente." Taí um produto que faria sucesso no mercado.

Antes de qualquer pessoa, eu mesmo deveria acreditar no personagem. Isso não seria difícil, já que eu estava me especializando em crer piamente nos meus delírios. Primeiro, ele precisava de um nome. Estrangeiro, claro. Ainda tem gente que se impressiona com nome em inglês. Vandalay foi fácil. Eu sempre assisti ao seriado *Seinfeld*, e um dos personagens, sempre que precisava usar um nome fictício, dizia ser Vandalay. Faltava um sobrenome. Algo de impacto, sonoro. Então me lembrei de um episódio que vi no Centro da cidade. Houve uma época em minha vida em que sempre que eu tinha um tempo livre, ia ao Centro em busca de personagens curiosos. Gente que se mistura em volta de artistas de rua em geral. Numa dessas incursões vi um espetáculo inédito. Um coroa gorducho pôs três galos em cima de uma mesa e os animais começaram a saltar. O velho anunciava a atração como "Os galos saltadores de Flanders". "Venham ver o espetáculo mais incrível da Terra: os galos saltadores de Flanders!", ele gritava, caprichando na pronúncia. Provavelmente queria dizer Flandres, mas é inegável que Flanders soava melhor. O fato é que os bichos saltavam muito alto, como se estivessem pulando sobre chapa quente. E não é que estavam mesmo? A mesa escondia uma chapa enorme que esquentava e fazia com que os galos pulassem para não queimar as patas. O truque foi descoberto porque, no empurra-empurra para ver o *show*, uma das pessoas acabou encostando na mesa e o velho quase acabou linchado. Na confusão, os galos sumiram e viraram o almoço da mendigada local. Vandalay Flanders, o papai te batiza. O nome soou tão bem que me deu vontade de gritar. Abri a janela e berrei:

— Vandalay! Vandalay!

— Seu Mário, quem é esse tal de Wanderlei? — perguntou Dircinéia, que chegara sem eu perceber.

— Wanderlei?!?!?! Ah, é um amigo que estava passando lá embaixo e eu gritei o nome dele.

Naquele mesmo dia eu comuniquei a Dircinéia que não poderia continuar pagando o seu salário porque fora demitido. Propus que ela virasse diarista e viesse uma ou duas vezes por semana. Dircinéia não gostou muito, mas acabei convencendo-a de que poderia ser até melhor, já que ela poderia passar a fazer faxina na casa de outras pessoas e ganhar mais.

Mário, que Mário?

Prometi, ainda, que assim que as coisas melhorassem ela poderia voltar ao esquema antigo.
— Tá bom, seu Mário. Oh, o senhor me desculpe, mas eu acho que o senhor devia procurar um pai-de-santo. O senhor deve estar com um encosto.
— Encosto, Dircinéia?
— É, encosto. Espírito ruim, sabe? É ele que não deixa a sua vida ir para a frente. Eu aposto que é esse encosto que fica fazendo o senhor ver essas coisas que não existem.
— Peraí, Dircinéia. Encosto é que não existe.
— O senhor é que pensa. Eu tinha uma patroa que costumava dizer: existem mais coisas entre o céu e a terra do que sonha a nossa vã Filha Sofia.
— Filosofia, Dircinéia!
— Mas a filha dela se chamava Sofia!
— Só que nessa frase, Dircinéia, é filosofia!
— Tá bom, tá bom. Mas o senhor entendeu, não entendeu? Então tá bom. Olha, seu Mário, se o senhor quiser eu te levo num centro lá perto de casa que o Pai Mizifio de Oxum tira esse encosto rapidinho de você.
— O Pai Mizifio não é aquele que traz a pessoa amada em três dias?
— É ele mesmo.
Nunca entendi exatamente por que todos os pais-de-santo que anunciam em postes, nas ruas, dizem que trazem a pessoa amada em três dias. Será uma

espécie de cartel dos espíritos que impede que um deles traga em um ou dois dias? Gente, isso é capitalismo, vamos lá, produtividade, competitividade, velocidade. Três dias é muito. Vamos aumentar a produção desses espíritos! Devia haver uma espécie de Sedex 10 das pessoas amadas. Trago a pessoa amada até amanhã às 10 da manhã! Estamos na era da internet, da comunicação instantânea. Três dias para trazer a pessoa amada é demais.

Eu sempre fui ateu. Quando era mais novo, toda vez que eu saía de casa minha mãe dizia: "Vai com Deus!" Invariavelmente eu respondia: "Então me dá o dinheiro aí para eu pagar a passagem dele." Claro que eu não acreditava que a razão de toda a minha confusão mental dos últimos meses fosse espiritual. Eu estava mesmo sem nada para fazer e sempre quis visitar um lugar desses, então resolvi aceitar a proposta de Dircinéia. No mínimo seria divertido.

Já na manhã seguinte, fomos de carro até a periferia da cidade e encontramos o centro espírita de Pai Mizifio lotado. Era uma casa branca simples, com chão de terra batida, pintada de branco a cal. Contei 20 pessoas sentadas nos bancos esperando a hora de serem atendidas. Havia somente dois lugares disponíveis, ao lado de uma mulher de mais ou menos 30 anos. Assim que me sentei, a mulher deu um salto, como se tivesse levado um choque. Ela correu até o meio do quintal e começou a se debater, ora falando com voz de criança, ora com voz grossa de um demônio rouco. De vez em quando soltava uma gargalhada estridente e dizia que era a Pombagira Sete Quedas de Homem. A mulher parecia uma antena parabólica captadora de espíritos, tamanha a quantidade de vozes e trejeitos diferentes que usou. Duas filhas-de-santo da casa pegaram a moça pelo braço e a levaram para dentro. Ao ver a cena, Dircinéia olhou para mim espantada.

— Vixe Maria, seu Mário. O senhor tá muito carregado.

— Dircinéia, que história é essa de carregado? Tá me achando com cara de bateria de celular?

Enquanto aguardávamos, fiquei pensando que era mesmo chegado o momento da modernização dos centros de macumba. Aquela fila era inadmissível nos tempos de hoje. Alguém tinha que inventar um cartão de cliente preferencial do Centro. Não era à toa que a religião vinha encolhendo. Matar galinha, por exemplo, está muito antiquado. Quem hoje em dia tem tempo para ficar matando galinha e deixando em esquina? Ninguém! Então por que não oferecer o Despacho-Delivery, que entrega o seu despacho prontinho em qualquer esquina, com direito a farofa e tudo o mais? Modernização é isso aí.

Quase duas horas depois chegou a nossa vez e finalmente entramos na sala do Pai Mizifio. Eu esperava encontrar velas, imagens de santo e galinhas pretas, mas tudo era meio clean. Eu estava diante de um pai-de-santo minimalista. Só havia uma mesa no centro da sala e uma cadeira, onde Mizifio parecia estar em transe. Assim que percebeu nossa chegada, ele se levantou, caminhou até nós e me deu uma baforada de charuto na cara, o que me provocou uma crise de tosse. Ele falava com voz de velho, embora aparentasse pouco mais de 30 anos:

— Hum, hum, mizifio, suncê tá precisando de um passe — ele disse.

— Quem precisa de passe é centroavante adiantado — respondi, bem-humorado.

— O que que suncê disse?

— Vamo avante, pra adiantar!

Pai Mizifio se aproximou de mim e as baforadas agora foram sobre os meus ombros.

— Suncê tá carregado, mizifio. Tô vendo um espírito de um escravo preto dentro de suncê.

— Peraí, Zifio, que papo é esse de um negão dentro de mim? Eu sou espada!

— Espada-de-são-jorge, Dircinéia! — ele gritou para minha empregada.

— Isso, espada de São Jorge! — respondi.

— Fica quieto, seu Mário. Eu é que vou conseguir uma espada-de-são-jorge para o senhor. Olha o respeito! — repreendeu Dircinéia.

— Ué, mas eu só repeti que eu sou espada de São Jorge!

— Suncê num sabe o que é espada-de-são-jorge — disse Pai Mizifio. — É uma planta pra espantar os maus espíritos, esse encosto que está em suncê. A gente vai te dar uma surra de espada-de-são-jorge e aí o encosto vai embora.

— Surra para tirar o encosto? Não dá para mandar uma ordem de despejo para ele, não?

— Seu Mário, olha o respeito! — pediu Dircinéia mais uma vez, pelo visto já arrependida de ter me levado ali.

— Se suncê não se ajudar, ninguém pode. Eu vejo muito dinheiro no seu caminho, mas tem que tirar esse espírito ruim da sua vida.

Expliquei que não gostaria de apanhar, e Mizifio passou uma espécie de receita espiritual para Dircinéia, com ingredientes para fazer um defumador lá em casa. Paguei a consulta, levei Dircinéia em casa e fui embora. No longo caminho até meu apartamento, fui me divertindo com os adesivos dos carros enquanto dirigia: "Já beijou sua mulher hoje? Eu já", revelava um deles; "Tudo o que eu tenho na vida eu devo aos meus credores", dizia outro. Além dos bem-humorados, havia o eterno "A inveja é uma merda". Já reparou como esse adesivo está sempre num carro velho? Você nunca vai ver um plástico desses numa BMW, mas aquele fusquinha verde-vômito tem grandes chances de carregar esse adesivo no vidro. Bastou eu pensar nisso para ver uma *van* parada na estrada e o motorista acenando para os carros desviarem. Eu não falei? Em 90% dos engarrafamentos, a culpa é de uma van ou de um Gol branco!

No caminho fechei a idéia central do livro: pegar situações do cotidiano, como a do tombo no poço, e tirar dali alguma lição de vida. Será que isso funcionaria? Ao chegar em casa tive o sinal de que estava no caminho certo. Assim que abri a porta, a luz acabou no prédio inteiro. Depois daquela escuridão inicial, meu olho começou a se adaptar ao breu e logo vi o contorno dos móveis e pude andar sem tropeços. A falta de luz durou menos de cinco minutos, e bastou a energia voltar para eu ligar o computador e começar a escrever.

A luz

Quando Laura soube que estava com aids, sua vida desabou. Casara-se virgem, aos 20 anos, com o seu primeiro amor. Ricardo continuava se comportando como o antigo namorado que trazia flores sem motivo. Era feliz. Primeiro veio a febre, e ela achou que fosse uma simples gripe. Depois, o mal-estar constante, a diarréia, o desânimo e a verdade revelada num frio pedaço de papel: positivo. Não usava drogas, não tinha sofrido transfusão. Pegara do marido, não conhecera outro homem. Imaginou um futuro de sofrimento e não conseguiu se conter. Teve a sensação de que Deus não lhe dera

Mário, que Mário?

a oportunidade de chorar até então para que pudesse ter todas as lágrimas necessárias naquele momento. Assim que abriu a porta, a luz apagou. Aos poucos, seus olhos foram se acostumando e ela pôde enxergar melhor o contorno dos móveis. Estava escuro, sim, mas não tanto quanto antes. Hoje, três anos depois, Laura tem uma nova vida. Separou-se do marido e trabalha como voluntária no tratamento de doentes de aids. Sua doença nunca se manifestou. Outro dia, voltando do trabalho, ao chegar em casa houve novamente uma queda de luz. Mais uma vez, acostumou-se ao escuro. Só então percebeu o recado: muitas vezes, achamos que estamos completamente no escuro, mas é só ter um pouco de calma para que as coisas se tornem mais claras do que antes.

Bingo! Piegas, cheio de chavões e com uma pretensa lição de vida no final! Essa era a fórmula! Naquela mesma noite, escrevi outras 20 lições de vida. Confesso que algumas foram até divertidas de fazer. Agora que o livro estava em andamento, chegava a hora de tornar Vandalay uma pessoa real. Ele nunca apareceria em público. Perto de Vandalay, Rubem Fonseca e Verissimo seriam arroz-de-festa. Um escritor recluso. "Tudo o que eu tenho a dizer está em meu livro", sua frase predileta. Para divulgação, eu daria uma ou duas entrevistas por e-mail. É moda agora entrevista por e-mail. O repórter sequer sabe se quem está do outro lado do teclado é mesmo a autoridade ou o artista, mas publica. Os contatos que eu tinha nos jornais ajudariam com notinhas. Vandalay foi visto ontem num restaurante com uma atriz de Hollywood. Ah, as notinhas anônimas das colunas. Tenho certeza de que já salvaram muitos colunistas em apuros. "Famoso autor de romances foi visto jantando ontem com atriz da novela das seis." Vamos incrementar isso, minha gente. Se é para dar nota anônima, que tal esquentar a coisa? "Famoso autor de romances foi visto entrando num motel ontem com uma atriz da novela das seis, numa *van*, junto com três anões e quatro poodles."

Escrevi um pequeno perfil do autor: "Vandalay Flanders, 45 anos, Ph.D. em Psicologia, formado pela Universidade de Townsville, hoje dirige o Instituto Flanders para o Bem-Estar. Desde que escreveu seu livro, dedica-se a percorrer o mundo em busca de situações que servirão para a próxima publicação. Entrevista pessoas que contam como acontecimentos comuns do dia-a-dia as ajudaram a mudar de vida e de postura diante dos problemas." Em seguida, fiz rapidamente um site para a tal Universidade de Townsville, registrei o domínio, e pus lá uma referência ao tal Flanders. "Universidade de Townsville: formando talentos como Vandalay Flanders." Pus o perfil de Flanders no site e um e-mail de contato. Às 2h25m do dia 5 de junho de 2004, meu professor virtual estava criado.

Capítulo 5

Ir ao banco é uma das atividades mais chatas na vida de um ser humano. O Índice Mário's, que mede o grau de aporrinhação de tarefas cotidianas, classifica o banco em segundo lugar na escala. É um paradoxo: só os ricos têm dinheiro no banco, mas apenas os pobres vão às agências bancárias. A primeira tarefa da gincana bancária é conseguir entrar. No meu caso isso é impossível: tenho um pino de metal na perna esquerda, graças a um atropelamento quando criança. Basta eu apontar na porta, que o alarme apita. Mesmo depois de explicar isso ao guarda, ele sempre ordena que eu esvazie a mochila e verifique se não estou carregando algum objeto de metal. Nessas horas eu imagino Darth Vader indo sacar seu salário. Impossível. Robocop nunca impediria um assalto a banco, porque ficaria preso na porta. Uma vez lá dentro, vem a fila. Nos cartazes internos de anúncios de banco, sempre tem alguma família sorrindo, um velhinho caminhando num jardim bem verde, uma criança deitada com um bicho no colo. Todo mundo muito feliz. A impressão que se tem é de que eles nunca entraram num banco. Sim, claro: os garotos-propaganda dos bancos não freqüentam agências.

O cliente de um banco é tratado tão mal que dá a impressão que eles querem que a gente passe a evitar ir pessoalmente e use o serviço na internet ou o atendimento pelo telefone. Aí caímos no primeiro lugar da escala Mário's. Primeiro, você digita o número da agência, depois o número da conta, e em seguida a sua senha. Quando o atendente finalmente aparece, qual a primeira pergunta que ele te faz? O número de sua conta, claro. Você sabe por que demora tanto para um ser humano aparecer do outro lado da linha e te atender? Ora, os atendentes estão ligando para resolver seus problemas com outros serviços de atendimento e por isso não podem falar com você naquele momento. Depois de uma hora e meia de fila, consegui receber o dinheiro: era suficiente para seis meses de sobrevivência digna antes da mendicância.

De volta para casa tentei comprar um boneco João Bobo, que ficaria na sala e faria o papel de Vandalay Flanders sem chamar a atenção de ninguém.

Mário, que Mário?

Ele seria Vandalay, em carne e osso. Quer dizer, em plástico e vento. Decidi comprá-lo quando me lembrei do meu vizinho de frente, que vivia com uma boneca e a tratava como um ser humano. A presença física de Vandalay me ajudaria a entendê-lo e estar pronto para me passar por ele em qualquer situação. Quem sabe até dar uma entrevista pelo telefone e me divertir lendo o jornal no dia seguinte? Isso era tentador demais. Me lembrei, então, do diálogo do amiguinho invisível que já tinha escrito para o outro livro e percebi como tudo se encaixava. O boneco era necessário, a coisa palpável (no bom sentido) que me ligaria a Vandalay.

Rodei lojas de brinquedos do bairro inteiro, mas não achei. Então me dei conta de um terrível crime que está acontecendo nas nossas barbas e ninguém denuncia: o João Bobo está em extinção, e os ecologistas só falam no joão-de-barro. Pare para pensar um pouco: qual foi a última vez que você viu um João Bobo? Isso é grave, alguém precisa denunciar! Depois de quase uma hora de procura, desisti e entrei finalmente numa sex shop para comprar um boneco inflável, que seria o meu novo amigo imaginário.

Não sou exatamente um cara quadrado, mas nunca tinha entrado numa sex shop antes. À primeira vista, o que mais me chamou a atenção foi a profusão de pênis de todas as formas, cores, texturas e tamanhos possíveis. A atendente deve ter notado a minha surpresa e perguntou:

— Têm muitos, né? Gostou de algum?

— Não é para mim, é para minha mulher! — respondi, fazendo voz grossa de macho.

— Ah, sei. Fica à vontade porque aqui não temos preconceito — disse ela, que realmente achava que o vibrador era para mim.

Percorri a loja toda com os olhos procurando bonecos, mas não vi nenhum. Na seção, porém, havia uma vaquinha inflável de pouco mais de meio metro de altura. Imediatamente imaginei um gordo de quatro comendo o pequeno animal de plástico e gritando: "Sua vaca, sua vaca!" A idéia me divertiu e dei um pequeno sorriso, que foi confundido pela atendente como uma confissão. Tomei coragem e perguntei:

— Você tem boneco inflável?

— Ah, chegaram uns ótimos. Deixa eu te mostrar.

Ela entrou num pequeno quarto nos fundos da loja e voltou com quatro modelos.

— Olha esse aqui! O pau dele é a réplica perfeita do de Long Dong Silver, aquele ator que tinha um calibre de 29 centímetros.

A moça desembrulhou a ferramenta e manipulou na minha frente.

— Olha só como parece real. Tem até veias!

Mário, que Mário?

— Vinte e nove centímetros? Não tem nenhum eunuco?

— Esse tem ânus também, olha só.

— Eu disse EUNUCO, sem pênis.

— Ah, mas para que serve um boneco desse capado? Leva um completo, que o senhor vai adorar.

— Eu já disse que é para minha mulher.

— Tá bom, tá bom — respondeu ela, ainda sem acreditar.

Escolhi um boneco tamanho standard, 15 centímetros, e, para provar à mocinha que eu sou espada, fiz então a compra mais inacreditável da minha vida:

— Eu vou levar a vaca também.

Saí vitorioso do embate. Assim que cheguei desembrulhei o brinquedinho. Vandalay estava completamente murcho, cabisbaixo, mas logo foi ganhando um ar orgulhoso à medida que eu soprava e o enchia.

— E aí, Vandalay? Qual é a lição de vida que você tira disso?

Fiz um sotaque americano e eu mesmo respondi.

— Aprendi que quando você está se sentindo murcho, basta o sopro de um amigo para que você se encha de vida novamente.

— Isso aí, Vandalay. Lição de vida!

Providenciei cueca e roupas para ele e o coloquei sentado na sofá da sala, o mesmo onde três meses depois haveria o corpo de um homem. Conversamos muito naquela noite, e senti que finalmente estava preparado para apresentar Vandalay ao mundo, ainda que tivesse que escondê-lo em meu armário, para não ser chamado de maluco.

Em uma semana o livro estava pronto, com as 101 lições de vida. Para escolher o título, visitei sites de mais vendidos e juntei nomes de livros do gênero. Meu bebê estava doido para dar os primeiros passos. Fiz o primeiro contato com uma editora especializada em livros de auto-ajuda. Me apresentei como Mário Ribeiro, agente de Vandalay Flanders, e peguei o endereço para enviar os originais. Conversei com outras cinco editoras, e ninguém desconfiou da história. O plano corria conforme o esperado. Três semanas depois, chegou a primeira proposta de publicação. Marquei o encontro com o editor, que propôs o lançamento para o mês seguinte. Eu não queria fechar com o primeiro que aparecesse, mas o tempo estava passando e não podia ficar sem dinheiro. Convenci-o a pagar um pequeno adiantamento e, depois de tudo acertado, informei: Vandalay era um homem ocupado, não estaria muito acessível para entrevistas e muito menos poderia vir ao Brasil para o lançamento. O editor não se opôs e em seguida me passou uma relação de documentos de cessão de direitos autorais, pediu uma procuração assinada por Vandalay me nomeando seu representante no Brasil etc. etc. etc. Na hora em que vi a lista percebi que estava cometendo crimes mais sérios do que agressão ao velhinho. Falsidade ideológica, falsificação de documentos, essas coisas. Naquele instante pensei, pela primeira vez, em voltar atrás, sair dali correndo e passar a dizer que Vandalay, na verdade, era apenas um pseudônimo. Mudei de idéia porque, se eu aparecesse como autor, jamais poderia voltar a produzir nada de humor.

Passei parte da noite no computador, produzindo um papel timbrado falso em programas de tratamento de imagens. Vandalay, sentado no sofá, assistia a tudo quieto. Liguei a TV para ele, que devia estar entediado. No final, mostrei ao meu amigo todos os seus papéis. Para minha surpresa, Vandalay levantou-se sozinho do sofá e falou:

— Ótimo, agora que eu já existo, posso te matar. Você não serve para mais nada e toda essa sua conversa já encheu.

— Você está louco? Você é um boneco.

— Boneco? Eu? Você é que é um boneco, Mário!

Vandalay sacou uma arma de plástico e começou a atirar água em minha direção. Quer dizer, eu achava que era água, mas na verdade era um ácido que corroeu todo o tapete da sala. Pulei para trás da estante para me proteger, enquanto ele avançava na minha direção, atirando, até ficar sem munição. Aproveitando que ele precisava recarregar, dei-lhe um soco no meio da cara, mas Vandalay caiu e levantou-se novamente. Ele era um joão bobo, indo e voltando mais forte a cada golpe. Eu continuava socando, socando, mas ele não caía. Em vez disso, só repetia:

— Acorda, Mário. Você já morreu! Acorda! Acorda! Acorda, seu Mário! Eu preciso limpar a sala! Agora eu sou diarista, esqueceu?

Dircinéia me sacudia, enquanto eu roncava pesado no sofá da sala.

— Dircinéia, eu dormi aqui....

— Eu sei, tô vendo. Seu Mário, que diabo de boneco é esse?

— Boneco, que boneco?

— Esse aí no sofá, seu Mário?

— Ah, é do filho do vizinho. Ele me pediu para tomar conta do moleque ontem.

— Engraçado, eu nem sabia que o vizinho tinha filho.

— Nem ele! Uma mulher apareceu com o garoto aí ontem. Olha que situação! Eu dei uma força, sabe como é.

— Vocês são muito esquisitos, eu hein...

A não ser pelo susto de ter que inventar uma história ridícula para justificar a presença do boneco, foi ótimo Dircinéia ter me acordado. Se não fosse ela eu teria perdido a hora de passar na editora. Pus os papéis num envelope pardo e saí de casa. Na rua, tinha a certeza de que todo mundo sabia que eu estava carregando coisas falsas. Na paranóia, eu cheguei a imaginar que algum guarda ia me parar e pedir os documentos, me levando para a cadeia logo em seguida. Óbvio que era uma preocupação desnecessária: já faz algum tempo que a polícia não aborda mais pedestres por aí. As falsificações eram perfeitas e não havia qualquer documento oficial, só uma assinatura de um tal Vandalay inexistente numa procuração em meu nome, em papel timbrado do Instituto Flanders para o Bem-Estar. Cheguei ao prédio da editora tenso e cometi um erro: no elevador, fiquei ao lado dos botões. Experimente fazer isso e você verá o que acontece. Qualquer pessoa que entre no elevador diz o andar que vai, como se você fosse o ascensorista. Se você ainda não passou por isso, faça a experiência e verá. Depois de apertar os botões para todos, finalmente cheguei ao meu andar. Me identifiquei para a recepcionista e deixei os papéis com a secretária do editor. Agora eu não podia mais desistir. Estava feito.

Capítulo 6

Foram dois meses entre a assinatura do contrato, a revisão do livro, a escolha da capa, uma nova revisão e o lançamento. Durante esse tempo eu perdi um pouco a confiança no Projeto Vandalay e comecei a procurar emprego em outros jornais. Fiz *curriculum*, anexei algumas charges e busquei velhos contatos. A procura não deu em nada, mas pelo menos eu aproveitava a ida às redações para visitar as editorias de cultura e vendia o peixe do futuro lançamento, com antigos colegas. Foi assim que consegui promessas de notinhas aqui e ali, mas nada além disso. A fria recepção era facilmente explicada: não há nada de novo ou interessante no terreno da auto-ajuda, mas ainda assim eles vendem — e muito. Nesse campo, a divulgação não conta tanto assim. O que era preciso já estava feito: as notas despertariam a atenção do público-alvo, que iria às livrarias e conheceria a obra de Vandalay e indicaria a amigos (no meu caso, eu indicaria um livro de auto-ajuda apenas aos inimigos, mas tudo bem).

O resto do tempo ocioso eu passava em casa, navegando na internet e descobrindo sites de uma utilidade inacreditável. Um sujeito de Boston passa o dia inteiro vestido de Peter Pan e põe suas fotos fantasiado no ar. Outro se veste de galinha e se propõe a fazer qualquer pose que alguém ordene pelo site. Uma dona-de-casa americana cansada do tédio doméstico criou um site em que avalia oito mil banheiros públicos em cem países. No quesito taras, vi coisas de fazer corar até mesmo um padre pedófilo. Anões, mancos, pernetas, manetas. A internet é realmente um hospício a céu aberto. Quando cansava de tanta maluquice, pegava Vandalay no armário e conversava. O boneco funcionava como um analista: você fala, fala, fala sobre seus problemas e ele quase nunca responde nada. A diferença era que, com Vandalay, eu não saía mais duro no final da seção. Meu amigo de plástico estava me fazendo muito bem. Desde que o comprei, parei com minhas cismas e invenções. Aparentemente, Vandalay preenchia todo o espaço da minha imaginação delirante e me mantinha nos trilhos, a ponto de eu poder ser considerado uma pessoa "normal".

Mário, que Mário?

Foi durante uma dessas longas conversas com Vandalay que o telefone tocou. Era o editor, avisando que já tinha a prova final e que, no dia seguinte, o livro começaria a ser enviado às lojas. Eu receberia meu exemplar em casa, juntamente com outros cinco, de cortesia, que poderiam ser usados em divulgação. Pela manhã, como prometido, os exemplares estavam lá. Desembrulhei apressadamente e dei uma gargalhada quando vi os livros. Eles eram a confirmação da teoria de que qualquer imbecil pode fazer aquilo e, mais ainda, publicar. Sem dúvida aquela tinha sido a minha melhor piada. Escaneei a capa e enviei aos amigos que me prometeram as notinhas nos jornais. Agora era só colher. E o pior é que nem demorou. Já na semana seguinte uma nova ligação do editor me informou que o livro estava vendendo bem mais do que o esperado e que eles já iriam rodar uma segunda edição, já que a primeira, de 3 mil exemplares, estava se esgotando. Um jornal produzia uma matéria sobre os novos nomes da auto-ajuda e gostaria de entrevistar Vandalay, preferencialmente por telefone. Respondi que falaria com ele, mas que seria melhor que fosse por e-mail, porque Vandalay estava na Alemanha para uma série de palestras. O editor perguntou se podia dar meu número à repórter e respondi que sim. Vinte minutos depois a jornalista estava me ligando. Aquilo era realmente muito divertido.

— Mário, aqui é Ana Carolina, do jornal *O Mundo*. Quem me deu seu telefone foi o pessoal da editora. Então, que queria saber como a gente pode fazer a entrevista.

De onde surgiu essa mania irritante de usar o "Então" antes das frases? E como assim "a gente fazer a entrevista"? Quem queria fazer era ela.

— Oi, Ana. Eu acho que pelo telefone vai ficar ruim. O Flanders não está parando, ele vive de um avião para outro. O mais garantido é você mandar as perguntas para ele por e-mail que ele responde. Você se incomoda?

— Ah, eu preferia que fosse pessoalmente pelo telefone.

Pessoalmente pelo telefone? Meu Deus do céu...

— Eu posso tentar, mas, como te disse, é difícil. Faz o seguinte: deixa o seu número comigo que eu te dou um retorno, tá? — respondi, simpaticamente.

Deixei passar duas horas e liguei de volta para a moça.

— Ana, é como eu te falei: não vai dar. Manda um e-mail que ele responde hoje mesmo, tá? Anota aí: vandalayflanders@gmail.com

Fui até a cozinha, bebi um copo d'água e liguei o computador para ver se as perguntas já tinham chegado. Quando entrei no webmail elas já estavam lá. Eram sete, três delas sobre a vida pessoal de Flanders, quatro sobre o livro.

Mário, que Mário?

"O senhor diz que retirou de coisas simples do cotidiano as lições de vida do livro. Como chegou a essa fórmula?"

Respondi: Cara Ana, vou citar uma das histórias que estão no livro para mostrar como foi o processo. Certo dia eu estava almoçando com minha mulher num charmoso restaurante desses que servem na calçada quando vi que o dono do lugar tinha dois canários. Nosso almoço foi embalado pelo canto das duas aves. Enquanto comíamos, eu reclamava com Margareth sobre o tédio no qual tinha se transformado minha vida profissional, na falta de perspectivas, enfim, dessas coisas que, mais cedo ou mais tarde, todos nós reclamamos. Chegamos ao final dos pratos e, quando pedi a sobremesa, aproveitei para elogiar os passarinhos, que continuavam cantando muito. O dono do restaurante, um simpático italiano chamado Mino, me explicou que canários cantam mais quando têm um competidor ao lado. Esse era o segredo das aves. Na natureza, o canto servia para atrair as fêmeas, então era necessário cantar mais alto para se sobressair. Tendo um macho ao lado, seria preciso superá-lo. Sozinho, o canário até iria cantar, mas não tanto. A história dos pássaros me iluminou. Pensei: por que precisamos de um competidor, de nos sentir em risco, para nos superarmos? Podemos cantar mais alto e melhor mesmo estando seguros. Naquela mesma tarde, voltando do almoço, eu tive a idéia de escrever o livro que mudou a minha vida, e a história dos canários está lá, no capítulo sobre os animais. Como você pode ver, Ana, as lições estão em todo lugar.

Enviei a mensagem e mais uma vez comecei a rir sozinho. Vandalay olhava para mim sem entender.

— Vandalay, essa do canário foi demais! O que você não diz é que o canário só fica preso porque canta, né? Você é foda!

A matéria saiu no dia seguinte e começava assim: "É cada vez maior o número de livros de auto-ajuda que chega ao mercado." Reparou? "É cada vez maior." Agora, me responda: quantas vezes você já viu esse clichê num texto de jornal? "É cada vez maior" significa o seguinte: não temos estatísticas, mas está claro que está crescendo. Se você é jornalista e acha um cara que gosta de andar vestido somente de meia calça e usando um gorro de saci, então ele é maluco. Se você encontra dois desses caras, já "é cada vez maior"; se forem três, "é uma tendência"; quatro, "um fenômeno"; cinco "virou mania". Com três, já dá para fazer uma matéria sobre isso. A reportagem em questão até que não era maldosa, fazia as ressalvas de sempre aos clichês do mercado de auto-ajuda, mas, inexplicavelmente, elogiava Vandalay como uma "novidade salutar". E foi assim, sem mais nem menos, que os canários de Vandalay começaram a cantar.

Mário, que Mário?

Graças à reportagem, na semana seguinte as vendas dobraram. Junto com elas, os convites para programas de TV, os pedidos de entrevista, as propostas de palestras e as pressões da editora para que Vandalay viesse ao Brasil. "Mário, você não está entendendo: estamos diante de uma mina de ouro. Se Vandalay vier aqui, podemos promover melhor o livro, vai vender muito mais.". Era o blá-blá-blá de sempre, que levava aos meus "ele está ocupado", "não compensa", "não tem agenda", etc. O dinheiro começou a entrar, mas eu não podia sair por aí gastando a rodo porque tinha que manter as aparências. Como "agente", eu só ganhava 10% do que Vandalay recebia. Essa parte não poderia ser suficiente para fazer uma mudança grande na minha vida. Me senti um pouco culpado e comprei alguns mimos para Vandalay: uma boneca inflável, uma piscina inflável, e até dei a vaquinha para ele — caso enchesse o saco da boneca.

Eu continuava a caminhar todos os dias com Pedro, Dircinéia voltou a ir diariamente lá em casa e tudo era para estar bem. A situação, porém, começou a me incomodar: percebi que a minha vida estava girando em torno de Vandalay. E isso aconteceu da pior forma possível.

Depois que comecei novamente a ganhar dinheiro, resolvi sair com Pedro numa noitada com a mulherada. Pedro insistiu em marcar com as duas num barzinho, embora eu normalmente não goste de bares porque não bebo nada além de água e refrigerantes. Não beber não era para ser nada demais, mas isso sempre é um problema. TODA vez que saio com um grupo estranho, tem sempre alguém disposto a romper a minha virgindade alcoólica. "Hoje eu vou te dar um porre!", sempre anunciam. Outros perguntam se eu sou religioso, ou se estou pagando alguma promessa. Ninguém se conforma se eu disser somente que não gosto do sabor da bebida. Já pensei em inventar alguma história mirabolante envolvendo bebedeira para justificar a decisão de não beber jamais, mas desisti, porque percebi que, uma vez contada, essa história teria de ser repetida a vida inteira, o que seria um saco.

Há outro problema também com os bares: os garçons. A ciência precisa estudar essa anomalia genética que faz com que um sujeito, assim que é contratado para trabalhar num bar, perca a visão periférica. Um garçom jamais consegue ver aquilo que está ao seu redor — só o que fica imediatamente à sua frente. Você pode levantar o braço até desenvolver uma gangrena mas, se ele estiver olhando para a outra mesa, não vai te enxergar. A disfunção genética ocular aparentemente provoca outra alteração curiosa: o garçom consegue equilibrar, numa só mão, três chopes, um prato de camarão, um prato de carne-seca, dois pastéis, uma dose de caipirinha, o gelo e o

Mário, que Mário?

guardanapo, mas é incapaz de ter coordenação motora suficiente para trazer, juntas, a conta e o cafezinho. Experimente pedir a conta e o cafezinho no restaurante: elas NUNCA virão juntas. Mesmo com tantas deficiências físicas, o garçom é o único profissional que, assim que é admitido, vira sócio do negócio e ganha 10% de tudo o que entrar no caixa. Não é incrível?

Tirando os garçons e a bebida, a noite correu bem. Tão bem que, na despedida, uma das mulheres topou ir lá em casa. Ela não chegava a fazer o estilo raimunda, mas era melhor indo do que vindo. Chegamos em casa, eu pus um CDzinho para ir esquentando e, quando percebi, já estávamos no meu quarto. Beijinho aqui, mordidinha ali, mão naquilo, aquilo na mão e, de repente, eu olho para o meu armário e vejo a cabeça de Vandalay aparecendo, como se estivesse dando uma espionada na ação. O boneco começou a cair do armário e certamente a moça ia vê-lo. Naquele instante eu percebi que iria brochar, mas tentei manter a calma. Comecei a pensar numa enorme suruba, eu no meio, com um monte de mulheres, algumas usando espartilhos, outras só de meia-calça, muitas se beijando, uma loura, uma morena, uma negona, uma de plástico. De plástico?!?!?! Vandalay, o que você está fazendo na minha fantasia sexual???? Sai daí, Vandalay! Sai daí agora!

— Vandalay!!!!!

— Vandalay Flanders? Não vai me dizer que você também é fã do Vandalay? — ela perguntou, curiosa.

Agora eu já não achava mais que fosse brochar. Eu já tinha certeza.

— Vandalay? Não é aquele autor de livros de auto-ajuda? Não, não, nunca li nada dele... — tentei fugir do assunto.

— Mário, você tinha que ler! É fantástico! Esse homem mudou a minha vida!

E então ela começou a falar sobre como aplicava as lições de vida no seu dia-a-dia enquanto meu pau, coitado, adormecia. Ao notar meu embaraço, Wanda — esse era o nome dela — resolveu me ajudar.

— Não esquenta, Mário. Isso acontece. A gente tem que tentar de novo. Olha, eu me lembro de uma história do livro do Vandalay que é assim: ele contou que, quando era pequeno, seu avô uma vez cortou o rabo de uma lagartixa e prendeu a bichinha num aquário, sem água, claro. Ele ficou ali olhando o rabinho da lagartixa pulando sozinho, como se tivesse vida própria, e não entendeu tanta crueldade com o pobre animalzinho. Começou a pensar que seu adorado avô fosse, na verdade, um homem mau. Dois dias depois, o avô levou o pequeno Vandalay de volta para ver a lagartixa, e o rabo estava lá, novinho. Ele achou que o velho tinha trocado o animal, mas então ouviu a explicação: o rabo delas cresce novamente, Vandalay. É isso que temos que aprender: em vez de ficar chorando pelo que já se foi, temos que seguir em frente e tentar de novo. O avô disse isso e jogou o rabinho morto na mão do menino, que nunca mais esqueceu. Viu só?

— Nem vem porque você não vai cortar meu pau pra ver se ele cresce de novo, não! — eu disse, e ela caiu na gargalhada.

Eu, que continuava com o pau mortinho igual ao rabo da lagartixa, não via graça alguma. Além disso, precisava tirar aquela mulher do quarto antes que ela visse Vandalay pendurado ali na porta.

— Wanda, acabo de me lembrar de uma coisa! Eu preciso fazer a barba!

— Mas são três da manhã, Mário.

— Pois é, mas eu sempre faço a essa hora. Está cientificamente comprovado que os pêlos crescem mais enquanto a gente dorme, uma coisa de meio milicentímetro por hora. Então, se você fizer a barba de madrugada, ela crescerá menos.

Wanda me olhava com cara de quem não estava entendendo nada. Agora, a cartada final: começar a dar informações sobre animais, vistas no Discovery Channel! Nenhuma mulher resiste a isso. No péssimo sentido, claro. Eu nunca consegui chegar na terceira informação: todas vão embora na segunda. Vamos lá!

— Aliás, por falar em barba, você sabia que a característica comum a todos os mamíferos, além de mamar, claro, é o fato de que todos nós temos pêlos na cara? Mas e os golfinhos?, você vai me perguntar. E eu vou responder: os golfinhos nascem com bigode! É incrível, mas eu vi isso na televisão outro dia.

Wanda era dura na queda. Estava achando estranho, mas não fazia sinal de ir embora.

— Ai, Mário, que coisa... Deixa os bichinhos pra lá e vem cá, vem..

— Ah, e por falar em sexo, você sabia que o mexilhão pode trocar? É! Um mexilhão pode virar macho ou fêmea, se quiser. Mas ele só pode fazer isso uma vez na vida! Imagina como seria se fosse com o ser humano! A Roberta Close não ia precisar cortar o pau! É o fim da operação da troca de sexo! Se bem que, do jeito que nego é indeciso, ia acabar fazendo do mesmo jeito, para voltar a ser o que era antes, né não, Wanda? Wanda? Wanda? Aonde você foi?

Ela não estava mais lá. Nenhuma mulher chega à terceira curiosidade animal. Fitei o rádio-relógio piscando, às 3h45m da matina, enquanto Vandalay continuava me olhando, pendurado na porta. Eu nunca tinha percebido, mas a luzinha vermelha do relógio era um vaga-lume, lindo, que voava pelo quarto, fazendo malabarismos impossíveis. De repente, ele começou a voar mais devagar até começar a cair lentamente e só não se esborrachou no chão porque, no meio da queda, foi capturado pela língua de um camaleão fosforescente. Eu estava de pé, ao lado da cama, quando o camaleão viu um enorme avestruz

Mário, que Mário?

vindo em nossa direção e começou a ficar amarelo, para se esconder. O avestruz chegou, e percebi que era uma fêmea: ela usava uma saia de balé, cor-de-rosa, com bolinhas amarelas. A avestruz começou a dançar suavemente, mas reclamou que não tinha música. O curioso é que, quando a avestruz olhou para mim, o seu rosto não tinha mais bico. Era uma boca carnuda. "Vamos precisar de um canário", ela disse, com uma voz suave. Então um canário pousou na testa da avestruz, que continuou a bailar enquanto o pássaro cantava: triiiiiiim, triiiiiiim, triiiiiiim, TRIIIIIIIM, TRIMMMMMMM.

A merda do telefone me acordou. Eram 4h30m. Do outro lado da linha, alguém falava japonês e eu não entendia nada. No meio dos arigatôs e saionarás, só duas palavras foram compreendidas:

— Vandalay Flandêus! Vandalay Flandêus! — ele repetia e repetia.

Japonês tem a fama de ser um dos povos mais inteligentes do planeta. Bobagem. Não consegue sequer falar sem trocar o R pelo L. O japinha do outro lado da linha era um repórter e queria entrevistar Vandalay. Isso eu entendi depois que ele tentou falar em inglês comigo. Mas são quatro e meia da manhã, eu protestei, esquecendo-me que, para ele, eram quatro e meia da tarde.

* * *

Naquele dia eu recebi outras 15 ligações de jornalistas com pedidos de entrevistas para Vandalay. Se cada uma das entrevistas tivesse apenas cinco perguntas, já seriam 75 questões para responder. Como a minha memória é péssima, eu poderia cair em contradições como Vandalay, o que colocaria o projeto em risco. Isso tornava a brincadeira de me fazer passar por ele, por e-mail, impossível. Resumindo: a única diversão estava encerrada. Durante a caminhada com Pedro, meu celular tocou quatro vezes — todas eram de assuntos relacionados a Vandalay. Pedro também me encheu o saco com o assunto Wanda e perguntou se eu tinha voltado a agir feito louco. Wanda pelo menos tinha sido discreta e contara apenas a parte cômica da coisa — omitindo a broxada. A insistência de Pedro, porém, me fez admitir a pincelada.

— Mário, eu não te entendo: tudo o que você planejou está dando certo, mas você continua torturado...

— Tudo o que eu planejei está dando certo? Porra, Pedro. Vandalay está dando certo. Eu continuo um cartunista desempregado.

— Pelo menos é o desempregado mais rico do Brasil. Não esquece que você não pode mostrar sinais exteriores de riqueza, hein.

Como se eu não me lembrasse disso. Sinais exteriores de riqueza. Por que as pessoas falam "sinais exteriores de riqueza"? Existe algum sinal de riqueza que não seja exterior? Pelado, meu amigo, todo mundo é igual. Só dá para saber quem é rico por sinais exteriores. Ou alguém aí já viu um fígado de ouro? Até que ia ser engraçado: fulano está ganhando rios de dinheiro, já viu o intestino grosso banhado a ouro que ele implantou só para cagar dourado? É para combinar com o vaso!

O fato é que tudo estava uma merda — e ela não era dourada. De uma hora para outra dezenas de conhecidos passaram a me ligar, só para ter acesso a Vandalay; o dinheiro que eu ganhava não podia aproveitar — só depois que passasse a onda; meu telefone não parava de tocar com gente atrás do autor, e por último, mas não menos importante, a brochada. "Por último, mas não menos importante", olha só: até eu usando isso. Tá na cara que a coisa que vem por último é a menos importante da lista. Não fosse, não estaria na última posição da lista, não? Depois do Febeapá, o Festival de Besteiras que Assolam o País, está criado o Fecan, o Festival de Clichês que Assolam a Nação.

Decidi voltar a procurar emprego. Liguei para os jornais em que tinha deixado portfólio, e nada. Deixava recado para os editores-chefes, mas sem esperança de um retorno. E não é que um deles ligou de volta? Marcamos um jantar para aquele mesmo dia. Na saída, dei uma beijoca na testa do Vandalay e disse:

— É isso aí. Quando se está no fundo do poço só se pode subir.

Cheguei na hora marcada, e Cesar já estava me esperando. Isso pode parecer bobagem, mas, para mim, o fato de ele ter chegado antes era um bom sinal. Eu estava um pouco nervoso e, para minha sorte, ele começou a falar assim que sentei.

— Mário, nós estamos fazendo uma reforma editorial, vamos acabar com algumas colunas e criar outras. Ontem tivemos uma reunião no jornal e lembraram do seu nome.

Lembraram do meu nome! Que ótimo, eu ainda não estava esquecido.

— Você não é agente do Vandalay Flanders? Nós queremos dar uma coluna a ele.

Ele continuou a falar, mas eu não estava mais ouvindo. O mané aqui foi todo pomposo para o encontro achando que ia ganhar um emprego, mas, na verdade, o interesse de Cesar era só em Vandalay? Eu ainda cheguei a pensar em falar sobre minhas charges, mas concluí que seria humilhação demais.

— Então, o que você acha?
— O que eu acho do quê?
— Da coluna do Vandalay.
— Olha, da coluna dele só quem pode falar é um ortopedista.
— Rá, rá, rá. Grande Mário, você continua engraçado. Ainda faz as charges?

Mário, que Mário?

— Dei um tempo, por causa do Vandalay. Olha, eu vou falar com ele sobre a coluna, e qualquer coisa te aviso.

Se você acha que aquilo tinha sido o fundo do poço, está enganado. Aquilo foi a placa tectônica que fica embaixo do fundo do poço! Ah, vai me dizer que não sabe o que é placa tectônica? Pega o *Aurélio*, vai. Pelo menos este livro terá servido para te ensinar alguma coisa. Eu estava abaixo do fundo do poço e, pior, dessa vez não havia historinha do Pedro para me fazer ter uma idéia brilhante. O canário vítima do próprio canto! E ainda por cima usando as lições de vida do Vandalay! Isso era o fim! Não ia demorar muito para eu saber, porém, que eu chegaria ainda mais fundo do que a placa tectônica. Na verdade, em cinco minutos eu estaria tão no fundo do poço que sentiria até mesmo o chifre do capeta furando minha bunda.

Assim que cheguei em casa depois do encontro com Cesar, a campainha tocou. Olhei pelo olho mágico (por que chamam aquilo de olho mágico?? O que tem de mágico num buraco com uma lente??) e vi uma velhinha com um embrulho na mão. Eu não estava esperando qualquer encomenda, mas resolvi abrir assim mesmo.

— O senhor é o Mário, não é? Espia, o senhor se incomoda de me fazer um favor? — perguntou a velha.

Uma frase que comece com "você se incomoda" não deve ser dita até o final. Sim, porque se você sente necessidade de abrir a frase com essas palavras, é sinal de que vai pedir algo que realmente incomoda.

— Pois não? — respondi de péssimo humor.

— O senhor trabalha com o senhor Vandalay, não é? Esse homem salvou a minha vida. Olha, desde que o Gervásio morreu, eu vivia deprimida.

Se eu não a impedisse logo, saberia a história de todas as suas gerações. Então, no meio da frase, cortei:

— Olha, a senhora não me leve a mal, mas eu estou um pouco ocupado agora não tenho tempo. Por favor, me diga o que a senhora quer que eu tento ajudar.

— O Vandalay salvou a minha vida, meu filho — ela disse, chorando, e segurando meu braço —, eu vim aqui deixar um presente para o senhor mandar para ele. Eu não tenho nada, sou muito pobre, e então eu vim dar aquilo que é mais valioso para mim: a perna mecânica do Gervásio! A recordação que ele deixou para mim!

A velhinha me deu o embrulho e desceu, chorando. Tudo bem de o meu telefone não parar de tocar para Vandalay. Tudo bem de as pessoas só se aproximarem de mim para chegar a ele. Tudo bem de eu ter brochado por causa do infeliz. Sem problemas de eu achar que um emprego era para mim, mas na verdade ser para ele. Mas, porra: a perna do Gervásio

Mário, que Mário?

NÃO DÁ! Fechei a porta enfurecido, fui até a cozinha e peguei uma faca. Parti para o quarto, tirei Vandalay do armário e comecei a esfaqueá-lo com todas as minhas forças, enquanto gritava que ia matá-lo. Só parei quando a campainha tocou mais uma vez. Era outra velha. Pelo visto, a partir daquela noite teria uma procissão. Foi naquele momento que eu tomei a decisão de matar Vandalay.

Capítulo 7

Sempre que entro no e-mail aparece uma dessas coisas:

1) Uma garota desconhecida quer dar para mim.

2) Um cartão virtual de alguém que eu não sei quem é.

3) Fotos de sexo ou alguém me convidando para uma orgia.

Tudo isso, apesar de, conforme os outros e-mails do mesmo dia, eu precisar aumentar meu pênis, resolver o problema da calvície e ganhar dinheiro sem sair de casa. Alguma coisa não bate. Passei a madrugada na internet para viabilizar o meu plano. Eu precisava de um documento de identidade, um passaporte e do corpo de um indigente. Foi mais fácil do que eu imaginava.

Nelito Fernandes

Depois de deletar as centenas de *spams*, comecei a responder os e-mails das dezenas de pedidos de entrevista do dia. Texto-padrão para todos: "Vandalay Flanders no Brasil. Autor do livro de auto-ajuda mais vendido no Brasil, *Lições de vida: 101 hábitos de pessoas que mexeram no seu queijo, fizeram amigos e influenciaram pessoas graças à arte das afirmações afirmativas*, o psicólogo Vandalay Flanders virá ao Brasil no dia 15 de março para uma entrevista coletiva."
Em seguida eu dava o endereço e pedia a confirmação da presença. Não demorou para o telefone tocar. Era o editor.
— Mário, que história é essa de o Vandalay dar coletiva?
Na ansiedade de pôr o plano em ação, eu esquecera de avisar.
— Ah, rapaz! Eu queria te fazer uma surpresa. Ele vai chegar na noite do dia 14 e vai ficar lá em casa mesmo. Não quer hotel para não ser incomodado. No dia seguinte ele dá a entrevista e depois volta para os Estados Unidos. Acho melhor rodar mais uma edição, porque a coisa vai pegar fogo!
— Bom, bom. Muito bom. Se der, vê se traz o Vandalay aqui para conhecer a editora e tomar um café comigo.
Faltavam três dias para a entrevista. Saí e comprei roupas boas de homem, num tamanho um pouco acima do meu. Na volta, passei num posto e comprei

gasolina. À tarde, um cara passou na minha casa e deixou parte da encomenda. O passaporte e a identidade ficaram perfeitos. O sujeito saiu dizendo que o corpo chegaria no dia seguinte, como combinado. Seria um mendigo branco, de mais ou menos 1,80m, na faixa de 50 anos, morto no mesmo dia. Um estudante de medicina estava encarregado de desviar o corpo assim que ele chegasse ao laboratório de anatomia. Só havia um problema: eles não estavam achando alguém que entregasse o cadáver na minha casa.

— Sabe como é, né, chefia? Sair por aí com um presunto na mala é arriscado...

— Mas vocês não entregam? Como eu vou fazer?

— Talvez você tenha que ir buscar. A gente passa as instruções.

Em plena era do atendimento vip ao consumidor, e eu arrumo uma galera que vende defunto mas não entrega a domicílio. Onde é que já se viu! Meia hora depois o cara ligou, dizendo que não ia ter jeito: eu teria mesmo que cuidar do transporte do morto. No caminho para a faculdade, pensei pela primeira vez em desistir do plano. Até então tudo estava correndo do jeito que eu queria, mas, se fosse parado por algum policial, eu não teria como explicar um corpo na mala do meu carro.

O encontro com o atravessador foi mais tranqüilo do que eu imaginava. Não teve beco escuro, não falamos em código e nem sequer havia aquela chuvinha fina para dar clima. Se antes eu conseguia pelo menos produzir alguma cena de suspense digna, agora nem isso. Peguei o maço de notas e dei ao garoto, que me entregou um jaleco branco e me chamou para a geladeira onde ficam os corpos. Felizmente o cadáver estava embrulhado.

— É para viagem — brincou o moleque —; morte natural, como o senhor pediu.

Existe alguma morte que não seja natural? Não é natural que todos morram? Seja por queda de bigorna na cabeça ou por enfarte, todos vão morrer, isso é natural. Não natural seria que o cara vivesse 300 anos. Eu pensava nisso enquanto o garoto me ajudava a jogar o corpo na mala. O mendigo devia estar desnutrido, porque quase não pesava nada. Devia ter morrido havia pouco tempo, porque não estava duro ainda. Cobrimos o corpo com mais um saco preto e eu esperei até as 18h, para voltar para casa no horário do rush e não esbarrar em blitz. Eu mal conseguia dirigir de tão trêmulo. Apesar de o ar-condicionado estar no máximo, o suor pingava. O trânsito estava mais engarrafado do que o normal. Comecei a imaginar uma blitz. Eu sendo parado. Eu sem saber explicar o que fazia com um corpo na mala. Eu preso. Estava com tanto medo que cheguei a ver uma blitz de verdade, o guarda acenando e me mandando parar e me pedindo documentos.

— Documentos do carro e habilitação, por favor.
— Ô chefia, tá surdo? Eu pedi os documentos do carro!

Não era imaginação. Eu realmente estava parado numa blitz. Não tem erro: é só você estar com alguma coisa errada que você é parado. Parece que os guardas têm alguma espécie de radar para detectar isso. Agora, ele ia abrir a mala e ver o corpo. Era o fim de Mário.

— Gente boa, sua carteira tá vencida. Eu vou ter que apreender o carro.

Era só o que faltava.

— Vencida? Minha carteira? O senhor tem certeza?

— Tá vencida, sim, ó — ele respondeu, mostrando a data. — O que é que a gente pode fazer?

Era a senha. Quando um guarda te pergunta o que você pode fazer, você já sabe: quer dinheiro. Devolvi a pergunta:

— O que a gente pode fazer?
— O que o senhor pode me oferecer?

Dei R$50,00 a ele e fui liberado. Eu nunca pensei que minha carteira vencida fosse me salvar. É certo que assim que ele encontrou uma irregularidade, parou de procurar. Se meus documentos estivessem em dia, certamente o policial ia abrir a mala do carro e achar o corpo. A romaria até minha casa também me ajudou: o porteiro não estranhou o fato de eu subir com um trambolho daquele tamanho. "Mais um presente para o Vandalay, eu não agüento mais", expliquei ao Manel, que me olhava com ar de deboche.

Abri a porta, desembrulhei o defunto e o sentei no sofá. O vesti com as roupas boas compradas pela manhã, provavelmente as melhores que ele já usara na vida. Ou na morte. A idéia era simples: eu colocaria os documentos com o nome de Vandalay nos bolsos do cadáver, espalharia a gasolina pela casa e incendiaria tudo. Vandalay estaria morto, mas eu é que descansaria em paz.

Agora estou aqui de pé segurando um fósforo e pensando se incendeio ou não o meu apartamento. Já espalhei gasolina em todos os cômodos da casa. No meu sofá tem um cadáver, sentado. Opções:

a) Queimo tudo e fujo.

b) Sumo com o morto e tento levar a vida normalmente.

c) Assumo o que fiz.

Ainda pensei em ligar para Pedro e pedir um conselho, mas ele provavelmente decretaria a minha insanidade mental. Acendi o fósforo e comecei a pensar em desistir e assumir tudo, dizer na coletiva que Vandalay era um pseudônimo e acabar com aquela palhaçada. Mas isso acabaria de uma vez com as minhas chances como humorista. Fiquei ali mais ou menos 20 segundos sem decidir, até que senti o fósforo queimar a minha mão. Com o susto e a dor, larguei o palito, que caiu e não demorou para alastrar o fogo e lamber todo o apartamento. Fiquei paralisado com a beleza das chamas, numa espécie de transe, e só acordei quando a fumaça começou a me sufocar. Desci as escadas correndo e ali decidi ir até o final com a encenação. Pedi ajuda ao Manel, gritei para que chamassem os bombeiros. Logo uma pequena multidão se aglomerava na calçada, enquanto eu via meu apartamento e tudo o que levara anos para construir ser destruído pelas chamas. Eu ganhara muito dinheiro com o livro, mas ficaria duro de novo, agora que era um sem-teto. Os bombeiros chegaram a tempo de o fogo não se alastrar para os outros apartamentos, mas o meu ficara completamente acabado.

Foi só nessa hora que eu fiz um balanço de tudo o que aconteceu. Levei tanto tempo tentando decidir se matava ou não Vandalay que o fósforo se queimou completamente e acabou queimando a minha mão. Não, eu não tinha tomado a decisão: fiquei sem saber o que fazer, mas isso não foi impedimento para que as coisas acontecessem. "Quando não se sabe o que fazer, o destino decide por você", diria Vandalay. Taí, mais uma lição de vida. A primeira do segundo livro de auto-ajuda que eu escreveria.

Este livro foi composto na tipologia Arrus BT,
em corpo 11/16, e impresso em papel off-white 90g/m²,
no Sistema Cameron da Divisão Gráfica
da Distribuidora Record.